一途な秘書は初恋のCOOに
一生ついていきたい

加地アヤメ

Illustration
敷城こなつ

gabriella books

一途な秘書は初恋のCOOに一生ついていきたい

contents

第一章　結婚式はいいものだ

ここは都心から車で約二時間半ほど離れた高原の森の中にある教会。

厳かな雰囲気が列席者を包むこの空間で、建物上部にある窓からの自然光に照らされている花婿と花嫁。

長いレースのトレーンがついた純白のウエディングドレスに身を包んでいるのは砂子十茂《いさごとも》さんだ。その美しさは言葉に言い尽くせないほどで、どこか神々《こうごう》しさもある。もちろんその横に立つ楠木現《くすのきげん》さんのイケメンぶりも忘れちゃいけない。元々イケメンの楠木さんだが、今日は輪を掛けてその美形ぶりが際立つ。

前髪を整髪料で上げて軽く額《ひたい》を出し、シルバーに近いライトグレーのタキシードを着こなす彼は、今まで見て来た中で一番輝いていると言っていい。

——二人とも、美しいわ……

新郎新婦に見とれる私の前で彼らは愛を誓い合い、指輪を交わす。

ゆっくりと楠木さんが十茂さんのベールを捲《めく》ると二人は微笑《ほほえ》み、吸い寄せられるように顔を近づけ、唇を重ねた。

——わあ……キス……生でキス初めて見た……素敵……

そこだけがドラマのワンシーンのようで、我を忘れウットリしてしまう。

美男と美女のキスシーンはいくらでも見ていられる。周囲の人々も皆、同じことを考えていたと思う。

しかし当の本人達は数秒で唇を離し、お互い恥ずかしそうに頬《ほお》を赤らめていた。

——照れているところも、尚良し……ごちそうさまです……!!

いいものを見せていただいたとほっこりしつつ、私の隣に立つブラックフォーマルにホワイトタイを合わせた背の高い男性を見上げる。

身長が百七十センチとほんの少々ある私——碇世里奈《いかりせりな》は、本日ネイビーとパープルのロングワンピースにパンプスを合わせているため、約百七十四センチほどある。その私よりも十センチ以上背が高いこの男性の名は宇部史哉《うべふみや》。私が勤務する会社でＣＯＯ（最高執行責任者）を務めている。

宇部さんと本日の主役である楠木現さんは大学時代からの付き合いで、今、私が秘書として勤務している会社を一緒に立ち上げた仲間でもある。

宇部さんの外見は柔らかい表情が印象的な楠木さんとは正反対の、どこか威圧感があるクールなイケメン。よって、楠木さんと二人でいると宇部さんがＣＥＯだと勘違いする人が多い。それくらい、彼は立っているだけで周囲の目を惹《ひ》き付ける存在だったりする。

「ほんと、よかったよなあ。楠木のあんな嬉《うれ》しそうな顔なかなか見られないぞ」

職場ではクールでいることが多い宇部さんだが、今日は笑顔が多い。今も楠木さんを見てにこやかに微笑んでいる。

「そうですね。しっかり見ておかなくては、ですね」

——レア……宇部さんの笑顔、めっちゃレア……

貴重な笑顔を目に焼き付けておこう、と彼を凝視する。数秒後、私からの視線に気がついた宇部さんがこちらに流し目を送ってきた。その瞬間、私の胸がドキンと跳ねた。

「……おい。なんでさっきから俺を見てるんだ。主役はあっちだろう」

宇部さんが楠木達を見ろ、と顎で示す。

ただでさえ涼しげな目をしている彼の流し目は非常に色気がある。窘《たしな》められているのはわかっているけれど、私は楠木さん達より、宇部さんに対してドキドキしてしまう。

「もちろんわかっています。ですが、宇部さんの笑顔も大変レアなので、見逃せませんでした」

正直にぶっちゃけたら、宇部さんが眉根を寄せる。

「あのな……俺はいいから今は楠木だ、楠木。見ろよ、あの今にも蕩《とろ》け落ちそうな顔。写真撮るか」

ちょうど十茂さんと腕を組んだ楠木さんがこっちに向かって歩いてきた。そのタイミングで、宇部さんが彼らに向かってスマホを構えた。

「楠木！　おめでとう」

「楠木さん、十茂さん、おめでとうございます」

宇部さんに続き私も二人に声を掛ける。こっちに視線を寄越《よこ》した二人が幸せそうな顔をしているので、私もほっこりする。

——いいなあ……幸せそうで。ほんと、羨ましい……

さっきから二人を見ると羨ましいが溢《あふ》れて止まらない。

美しい新郎新婦にあてられてポーッとしていると、私の前にいる宇部さんが後ろを振り返った。

「外に出るってよ。行くぞ」

「あ、はい」

抜けかけた魂を引き戻し、宇部さんの後に続いて外に出た。新郎新婦は入口のところに並んで列席者を見送った後、今度は教会の入口に立ちブーケトスを行うようだ。

――どうりで……教会前の階段下に若い女性が数人集まっているのはそれがあるからか……

私がそれを横目で見ながら通り過ぎようとしていると、なぜか先を行く宇部さんが立ち止まった。

「碇も参加すれば？　ブーケトス」

「いえ、私は結構です」

さも当たり前のように言われ、反射的に断った。

「なんで」

「なんと言われましても、きっと私よりもブーケが欲しい方はたくさんいらっしゃると思うので」

私が参加すると他の方がブーケをキャッチできる確率が低くなってしまう。咄嗟《とっさ》にそう思っただけ。

でもそれを聞いた宇部さんはなぜか苦笑いする。

「お前はなんでもかんでも遠慮しすぎだ。ここは会社じゃないんだ、もっと積極的にいけよ。それともあの中に入る勇気がないいなら、俺が付き添ってやろうか？」

積極的にいけよ、までは平常心でいられた。しかし、最後の一言にカチンとくる。

——どうしてこの人は、こうやって私を子供扱いするのかしら……二歳しか変わらないのに。

今の今までブーケトスに参加するつもりはまったくなかったけど、こう言われると自然に足がブーケトスが飛んでくるあたりに向いてしまう。

「……付き添いなどいりません。子供じゃないんですから……」

私が歩き出すと、宇部さんが行けよ、と言いたげに顎《あご》で指図してくる。

「もうじきじゃないのか。ほら、鐘が鳴り出した」

カーン、カーン……という硬質な音が周囲に響き渡る。それと同じくして、楠木さんと十茂さんが腕を組み、建物から姿を現した。彼女の手には、色鮮やかな生花で作られたブーケがしっかりと握られている。

——ブーケ、綺麗《きれい》……

ブーケの美しさに目を奪われかけたそのとき、十茂さんが手にしていたブーケを空に向かって放り投げた。

綺麗な放物線を描きながら、ブーケは信じられないことに急遽《きゆうきよ》参加を決めた私の方へ落ちてくる。

——こっちに……来る……？

反射的に手を出しキャッチできる体勢を整えた。が、残念ながらブーケは私の頭を越えていってしまった。

「おおっ？」

ブーケが視界から消えたのとほぼ同時に、背後から驚いたような宇部さんの声がした。

まさかと思いながら後ろを向くと、ブーケを手にしていたのは宇部さんだった。それを見た私も驚いたが、周囲の女性達も皆一様に彼を見て固まっている。

「……あの。なぜ宇部さんがそれを……」

女性達の心の声を代表し私がもの申すと、さすがに彼も申し訳なさそうな顔をする。

「悪い……。でも俺のところに落ちてきたんだから仕方ないだろ」

「そうですけど……私に行けと言ったのに自分がキャッチするとか……」

ジトッとした視線を送ると、宇部さんが私にブーケを差し出した。

「やるよ」

「え？」

「俺が持ってたって仕方ないだろ、こういうのは」

「え、あ……」

胸に押しつけられたブーケを受け取り、お礼を言おうとした。でも、彼はもう私を見てはいなかった。

「えーと、これでホテルに移動して披露宴だったよな？　それまで時間あるな……ラウンジでコーヒーでも飲むか」

腕に嵌《は》まっている高級腕時計に視線を落とす宇部さんに、私は慌ててお礼を言った。

「宇部さん、ありがとうございます、ブーケ……」

「おう。じゃ、行くぞ」

ブーケを手にしたまま、私は先に歩き出した宇部さんの背中を見つめた。

——もらってしまった……宇部さんから……

嬉しさで胸がいっぱいになりながら、私は彼と出会ったときのことを思い出していた。

それはもう十二年ほど前になるだろうか。

当時高校に入学したばかりの私は、三年生による新入生歓迎会で初めて宇部さんという人を知った。実は私と宇部さんは同郷で、しかも同じ高校に通っていたのである。

宇部さんは生徒会で副会長を務めていて、体育館のステージには上がらず、袖《そで》で進行役を担っていた。

私の周りの生徒が注目するのは会長だった。それももっともで、会長もすらりとした背格好の爽やかイケメン。しかし、私はなぜか会長よりも、袖で進行表を手に場を見守っている男性に目が行って仕方がなかった。

なんせ、宇部さんは顔もいいが声がよかった。会長よりも低いバリトンボイスは耳に心地よく、マイクスタンドに顔を近づけた宇部さんの、

『皆さん、ご静粛《せいしゅく》に』

という第一声を聞いただけで、すっかり彼に魅了されてしまったのだ。

とはいえ、しばらくの間、宇部さんの存在は私の中で「気になる先輩」くらいの位置づけだった。それが恋心に変貌を遂げたのは、ある日の下校時のことだった。

帰宅途中、宇部さんを見かけた。

——宇部さんだ……帰り道、こっちなんだ。

私の数メートル前を一人で歩いていた宇部さんの後をつけるつもりはなかった。でも、たまたま帰る方向が一緒だったので、しばらく距離を保ちながら彼の後ろを歩いていた。すると、向かいから犬を散歩中のお婆《ばあ》さんが歩いてきた。

茶色い小型の犬は、おそらく柴犬《しばいぬ》。元気いっぱいで、リードをピンと張りながらお婆さんを引っ張っていた――が、宇部さんとすれ違ったとき、いきなり犬が彼の足にじゃれついたのだ。

『ああっ、ごめんなさい‼』

慌てたお婆さんが宇部さんに謝った。でも宇部さんは『いえ、大丈夫です。犬、好きなんで』と言って笑い、足にじゃれついている犬の頭を嬉しそうに撫《な》でていた。

『おーおー、そんなに嬉しいか。やっべ、俺、愛されてる？』

犬の歓迎ぶりが嬉しそうな宇部さんは、学校行事のときに見る彼とは違い、きっと素。その笑顔の可愛《かわい》さに、たちまち私の心は捕らわれてしまった。

――やばい……好き……好きだわ……私、この人が好き……

ただでさえ気になっている男性の素を見た瞬間、私はいとも簡単に恋に落ちた。ちなみにこれが私にとっての初恋だった。

その日以来、私は宇部さんが卒業するまでの一年間、学校に行けば必ず彼の姿を探した。もはやそれが学校に行く目的と言ってもいいくらい。

かといって当時の私に告白をするという選択などない。元々噂《うわさ》で宇部さんには彼女がいると聞いていたし、彼と付き合いたいとか、そういうことは微塵《みじん》も思っていなかった。

ただ、姿を見られればそれでいい。それだけで、じゅうぶん幸せだったから。

でも、そんな楽しい日々は二学期まで。三学期になると三年生は数日の登校日以外は学校に来ない。わかってはいたものの、実際に校内で宇部さんの姿を見かけることがなくなると、喪失感でいっぱいだった。しかし、三学期も終わりに近づいたある日、宇部さんが関西の有名大学に合格したという情報を耳にした。その途端、私の胸にポッと火が点《とも》った。

——宇部さんと同じ大学に行きたい……‼

彼が合格したのは、関西では一二を争う有名私立大学。巷《ちまた》では進学校と言われる高校に通っている私だけど、学年トップクラスの学力だった宇部さんと違い、順位は真ん中くらい。今のままでは、宇部さんが合格した大学など受かりっこないのは目に見えている。だけど諦めることはできなかった。

この目で再び宇部さんの姿を見たい。その一心で勉強に明け暮れた。

そして高校三年生になった私は、宇部さんの通う大学を受験し——残念ながら不合格。

一旦大きく落ち込んだ私だが、この後別の大学に合格。そこは、宇部さんの通う大学とは目と鼻の先にある女子大。せめて彼の近くに行きたいからと、最終的にその大学へ進学を決めた。

私の通っていた女子大は宇部さんの大学とは交流も多く、同じクラスには宇部さんの大学に通う男子生徒と付き合っている子もいた。そんな環境の中、私はいつか本当に宇部さんに会えるかもしれない……と淡い期待を抱き、大学一年生の秋、宇部さんの大学の文化祭に行った。

まさかいきなり彼の姿を拝めることはないだろう。そう思いながら大学内を歩き回っていた私は、野外ステージのイベントで進行を務める宇部さんを見つけたのだ。

手にマイクを持ち、変わらずいい声でスムーズに進行する宇部さんは、高校の頃よりイケメンぶりがアップしていた。それをこの目で見た瞬間、私は嬉しくて泣いた。

数年ぶりに宇部さんの姿を見て感極まってしまい、溢れる感情を抑えることができなかったのだ。

顔を見ることができてよかった。この学校に来た意味は間違いなくあった。宇部さんを見かけてしばらくはそう思っていた。そして、大学二年の冬。私は友人伝いで宇部さんが大学の友人と会社を立ち上げたことを知った。

——宇部さんが、会社を……？　どんな会社なんだろう。

ぽちぽち自分の将来を考え始めた時でもあり、単純に宇部さんがどういったことをしているのかが気になった。そこで、彼氏が宇部さんと同じ大学に通っている友人に頼み込んで、後日そこのところをもっと詳しく教えてもらった。宇部さんの会社で開発したアプリのいくつかは運用を開始しており評判もよく、すでにいくつかの企業とも提携してそれなりに利益も出ているとのこと。

オフィスは中心メンバーの地元でもある関東に置くことが決定しているという。まだまだ人材が不足しているので若い人を中心に求人募集をする、という話を小耳に挟むと、それを私が逃すはずはなかった。

アプリ開発に必要な知識をこれでもかと頭に叩《たた》き込み、ついでに必要になりそうなスキルをだいたい身につけた私は、募集開始の告知が出たタイミングですぐホームページから直接応募した。

その結果、新卒採用枠で見事採用を勝ち取ったのだ。

そのときは嬉しくて細かいことはなにも考えなかったのだけど、後日CEOである楠木さんになぜ自分を採用したのかと尋ねたことがある。すると楠木さんは私を採用した理由についてこう言っていた。

『面接した中で、一番うちに入りたいというオーラが漲《みなぎ》ってたから』

そう言われても、自分で自分のオーラのことまではわからない。私が首を傾《かし》げていると、楠木さんはこの後笑いながら『あと、宇部が自分の後輩だって推《お》したから』と教えてくれた。どっちかというとこれのほうが嬉しくて、仕事を終えアパートに戻った私は一人で祝杯をあげたくらいだ。

とにもかくにも採用が決まり、大学卒業と同時に上京しオフィスから近い場所にアパートを借り、迎えた出社初日。憧れの宇部さんと同じ会社に勤務できることに私はこれまで感じたことのない幸福感に包まれていた。

それだけでも充分幸せだったのに、まさか宇部さんを含む役員付の秘書に採用されるとは思わなかった。

——宇部さんに近い‼　……って思って、めちゃくちゃ緊張したよ、あの頃は……

そんな憧れの存在である宇部さんと、今じゃすっかり軽口を言い合うまでの仲になった。その変化に驚きつつ、私は隣に座ってグラスビールを飲む宇部さんにチラリと視線を送る。

ここはホテル内の披露宴会場。私と宇部さんは高砂の席近くの新郎側のテーブル席に、並んで座っている。

今日、結婚式が行われたこのホテルと教会がある場所までは、新幹線で一時間プラスタクシー二十分。

当初、出席する社員数名で乗り合わせてマイカーで行く話も出たのだが、それだと運転手を担う誰か一人が酒を飲むことができない。せっかくの祝い事に制限をつけるのも良くないから、全員新幹線で行こう。と提案したのは宇部さんだ。

どうやら長年の付き合いである楠木さんの結婚を、誰よりも祝福したいのは宇部さんのようだった。

――そういう友人思いなところも、好き。

宇部さんへの思いをかみしめながら、私はコーヒーを喉に流し込む。

披露宴で出された料理は和洋折衷のコース料理で、どの料理も最高に美味《おい》しかった。今は料理を食べ終え、さっき新郎新婦がカットしたウエディングケーキとコーヒーをいただいているところだ。

「碇、俺の分のケーキ半分やるよ」

宇部さんがケーキの載った皿を私の前に置いた。多分、私が甘い物好きだということを知っているからだろう。

「ありがとうございます、では……」

私は彼の分のケーキをフォークで半分カットし、ぱぱっと口に運んだ。

「ごちそうさまです」

「早っ」

宇部さんは半分だけになったケーキにフォークを刺すと、それを口に運んだ。

「……ん。このケーキは美味《うま》いな。そんなに甘くない」

「じゃあ私に半分くれなくてもよかったですね」

「いや、いくら美味くてもさっきの量を一人で食べるのはキツい。こういうのは少量だからこそ美味さが引き立つものだよ、碇君」

と言って私に流し目を送ってくる。

「……そういうもの、でしょうか」

宇部さんよ、その流し目をやられるたびに私をときめかせていること、気づいてますか。

――絶対、気づいてないよね……

心の中で大きなため息をつきながら、私は自分のケーキにフォークを刺した。

最初は、側にいられるだけでよかった。

宇部さんの近くで仕事ができるという、この環境に身を置いているだけで幸せだった。

だけど人間というものは不思議で、その環境に慣れるとなぜかもっともっとと欲が出て、今以上に自分の欲望を満たしたくなってしまう。

私も入社して二年経《た》った頃から、仕事のときだけでなく、プライベートな宇部さんのことも知りたいと思うようになり、偶然を装い何度か宇部さんを誘ったことがある。一緒に行く相手が都合悪くてとか、チケットをもらったけど相手がいなくて、とかなんとか、毎回何かしら理由を付けて。

しかし、宇部さんは全く誘いに乗ってこなかった。

毎度毎度、「俺はいいから、~を誘え」とか、「そういうの興味ないから、~だったら喜ぶんじゃないか」と別の社員の名を挙げてくる。かといって言われるままその社員と一緒に行く気にはなれず、毎回楠木さん

を誘って事情を話していたら、彼も高校の時の同級生を忘れることができないことが判明し、意気投合。

それ以来楠木さんとは雇い主と従業員という関係でありながら、お互いを応援し合うようになったのだが。

——そのことは良かったけど、宇部さんとの距離は全然縮まらない……

追いかければ逃げられる。かといって、秘書としては信頼されていることがわかるから、これ以上踏み込んでわざわざ関係を壊すようなことはしたくない。

そんな私も、恋心と秘書という立場の狭間《はざま》で悩み続けるこの毎日が、だんだん辛《つら》くなってきた。というのも、これまで私と同じ恋の悩みを抱いていた、楠木さんの恋が成就したせいもあるかもしれない。

ずっと好きだったけど、ちょっとした誤解から音信不通になった楠木さんと十茂さんが、十年ぶりに再会し再び心を通わせた。そのことは心から嬉しく思っている。だけど、幸せいっぱいの二人を見ていると、全然前に進んでいない自分がだんだん虚《むな》しく思えてくるのだ。

ずーっと宇部さん一筋だから、未《いま》だに男性とお付き合いしたこともなければ、もちろん処女。あと二十八の女がキスはおろか男性とデートすらしたことないって、どうなの。

こんなこと宇部さんが知ったら、逆にドン引きされるかもしれない恐ろしい事実である。

「碇、ケーキ食べたら楠木のとこ行って写真撮るぞ。あ、そうだ。動画撮って、来られなかった社員に送ろうかな。デレデレの楠木なんか社員達にとっちゃレアだからな」

私の気持ちなど全く気づいていないであろう。宇部さんはアルコールも入ってることもあり上機嫌だ。

そんな彼を見ていると、なぜだか少し、イラッとした。

――もう……人の気も知らないで……

とはいえ、私は宇部さんの秘書。

仕事のときだけでなく、いつでも彼のサポートをしたい。そう思い続けてきたせいか、どんなに苛《いら》ついていても、体が自然と動いてしまう。

私は宇部さんが手にしていた高性能なカメラ付きスマホを奪うと、楠木さんの席に行くよう目で合図した。

「撮ってあげますよ。楠木さんの隣に行ってください」

「サンキュ。お前もあとで撮ってやるよ」

すぐ楠木さん達がいる高砂の席に移動した宇部さんを、スマホのカメラ越しに追いかける。

この人が好き。

でも、告白して振られたら絶対に気まずくなる。秘書として側にいられなくなるくらいなら、このままでいい。

結局いつも、この結論に辿《たど》り着《つ》くのだ。

「はい、撮りますよ」

花婿と笑顔で肩を組む宇部さんを見つめながら、私は心の中で盛大なため息をついた。

第二章　一途《いちず》な秘書は思い出が欲しい

「楠木ＣＥＯの代行ということで、一週間よろしくお願いします」

定例の朝礼で宇部さんが楠木さんに代わり、挨拶をした。

結婚式を終えた楠木さんは、奥様の十茂さんと新婚旅行に旅立った為《ため》、一週間不在となった。

元々楠木さんは別の機会でいいと言っていたのだが、宇部さんが「繁忙期じゃないから、今のうちに行ってこい」と彼の背中を押した。というわけで急遽《きゅうきょ》楠木さんの仕事は全て宇部さんが代行することになり、そのため私も朝礼後、自分の席でスケジュールの確認作業に追われている。

そのスケジュールの中には雑誌のインタビューなど、メディアへの対応も含まれている。表に出ることを苦手とする宇部さんがよくこの仕事を引き受けたものだと感心してしまった。

――なんだかんだで優しいのよね、宇部さんは。

いつも笑顔を絶やさない社交的な楠木さんが太陽ならば、社交的とはほど遠く、いつも執務室に籠って作業に没頭する宇部さんはさながら月。太陽ほどの明るさはないけれど、暗闇を照らす月明かりのように、我が社の社員からすれば縁の下の力持ちみたいなイメージだ。

そんな宇部さんは高身長とイケメンぶりからもわかるように、すごく女性にモテる。

高校の頃も彼女がいると聞いていたし、大学時代もミスター〇〇大に選ばれたくらいの人気ぶり。もちろん彼女はいたみたいだが、関西から関東に転居する際に別れたと聞いた。

社会人になってからのことは、宇部さんが全くそういうことを人に話さないのでわからない。

だけど、これまで取引先の企業に宇部さんと同行した際、担当の女性が打ち合わせ後、彼に声を掛けている場面を何度も見てきた。

『よかったら今度お食事でもいかがですか？　ご連絡お待ちしています』

名刺を渡しながら頬を赤らめる女性を見れば、宇部さんに気があることなどすぐにわかる。

『どうもありがとうございます』

宇部さんはそういう場面では大概、笑顔で名刺を受け取っていた。しかし、その後食事に行ったかどうかは決して周囲に明かさない。だから余計やきもきして、モヤモヤが溜《た》まる一方だった。

でも楠木さんに気持ちを知られてからは、彼が宇部さんの身辺に関する情報を流してくれるようになったので、以前ほど気にならずに済んでいるのだが。

だから私は、宇部さんになにかあれば楠木さんに聞けばいいと思っていた。しかし、彼が新婚旅行で不在の三日目。私はうちの社の若手男性社員二人が、宇部さんの噂話《うわさばなし》をしているのを耳にしてしまった。

「俺、昨日の夜、宇部さんが女性と歩いてるの見ちゃった」

我が社が入るオフィスビルの共用トイレからほど近い、自動販売機コーナー。そこで眠気覚ましの炭酸飲料を買おうとしていた私の手が、ピタリと止まる。

「マジで？　相手、どんな人？」

「遠目で見ただけでも綺麗な人だったよ。すらっとしててさ」

――……なんですって……!?

それを耳にしたら眠気が吹っ飛び、炭酸飲料を飲みたいという欲求がきれいさっぱりなくなった。

ちなみに話をしている男性二人は、私に背を向ける格好で立ち話をしている。よって、背後で飲み物を買おうとしているのが私であることには気付いていない模様。

「へえ～。すらっとしてるっていえばうちの社じゃ碇さんだけど。碇さんみたいな感じ？」

「……え？　私？」

思いがけず男性社員の口から自分の名前が出たことに驚き、つい声が出てしまった。すると私の声に反応した男性社員がビクッと肩を震わせ、こちらを振り返った。

「えっ碇さん!?　いたんですか？　もしかして今の、全部聞いて……」

「全部かどうかはわからないけど聞こえました。宇部さんが女性と歩いていたって……それ、本当ですか？」

「え、ええ……おそらくあれは宇部さん……だと思います」

男性社員はとても言いにくそうに、もう一人の男性にチラチラと視線を送っている。それを聞いた途端、宇部さんのことで頭がいっぱいになった。

「そうですか……仲良さそうでした……？」

「え？　いやあ……ただ歩いてるだけに見えたんで、仲が良いって感じはなかったような気も……」

私に質問されて返答に困る男性社員を前にして、だんだん申し訳ない気持ちになってきた。

――こんなこと聞いたってどうにもならないのに……私は何をやってるんだろう……

「休憩中のところ申し訳ありませんでした――失礼します」

「あ、いえ……」

踵《きびす》を返し、自分の席まで振り返ることなく早足で歩いた。席につき、ふうっとため息を漏らす。

――まだ恋人ができたと決まったわけじゃない。決定じゃない……

何度も自分にこう言い聞かせていた私だが、この日の夕方、再びショックを受けることになる。

「六時半……か」

本日の業務を滞りなく終えた私が時計を見て呟《つぶや》いたとき、執務室から宇部さんが出て来た。しかもジャケットを手にしているところから、外出するように見える。

――外出……？　確か今日はもう何も予定はなかったはずだけど。

「宇部さん、どちらへ？　なにか急ぎの案件でも……」

私が声を掛けながら立ち上がろうとすると、こちらをちらっと見た宇部さんが片手で私を制す。

「あー……いや、たいしたことじゃない。用が済み次第直帰するんで、碇はもう帰っていいぞ」

「え。そう……なのですか？　承知致しました……」

こうもはっきり言われてしまうと、私の出番はない。大人しく引っ込むと、宇部さんは「お疲れさん」とだけ言い残し、再び早足で歩き出した。

颯爽《さっそう》とフロアを横断していく彼を目で追い、姿が見えなくなると私は力なく椅子に腰を下ろした。

――仕事がらみの相手ならこれまでは私に逐一《ちくいち》報告してくれたのに、今回それをしないということは、相手はもしや……女性とか……ひょっとして、デート……かな……

自分なりに考えれば考えるほど、相手が女性である確率がどんどん高まっていく。

だったら考えなければいいと自分でもわかっているのだが、長年の片思いですっかりこうやってああでもないこうでもないと推測する変なクセが付いてしまっているので、もう考えるのを止められない。

しかも、宇部さんはもうじき三十歳。最近楠木さんが結婚したように、三十という年齢は男性でも結婚を考え出す年頃だと私は思っている。そんな宇部さんがこれからお付き合いする女性は、結婚の可能性を少なからず秘めているのではないかと勝手に解釈しているからこそ、よけいに気になってしまう。

私はパソコンをシャットダウンすると、履いていたパンプスを脱ぎ、デスク下の奥にひっそり置いてあったスニーカーに履きかえ、バッグを肩にかける。

「では、私もこれで失礼致します。お疲れ様でした」

残業中の社員数名に挨拶をして、フロアを後にした。

エントランスに向かって歩いている最中は、いつもなら今日の夕飯は何にしよう～と足取りも軽い。だけど今は宇部さんがどこへ行ったのかを考えると、不安で気持ちが落ち着かない。

――こんなとき、楠木さんがいてくれたらいいのに……

そう思いながらため息を漏らす。

頼りにしている楠木さんは、現在奥様と南の島でハネムーンの真っ最中。こんなどうしようもないことで連絡なんかできない。

オフィスビルのセキュリティゲートを抜け外に出た私は、手っ取り早く憂《う》さ晴らしをしようと、帰り道にあるスーパーでお酒を買ってアパートに戻った。

私が住むアパートは会社から徒歩で三十分ほどの場所にある。建築基準法の新耐震基準ギリギリの古さだけど、リフォーム済みで内装は綺麗だし、まあまあ広さもある。加えて近くに手頃な値段の月極《つきぎめ》駐車場もあり、マイカーを所有している私にはこれ以上ない最高の物件だと思っている。

お酒とおつまみ、それと数ヶ月に一回だけと決めている禁断のスナック菓子を買い込み、ずっしり重くなったエコバッグを持ちながらエントランスにある宅配ボックスをチェック。そこには本日配達された段ボールが入っていた。実家の母からだ。

——実家からだ。野菜かな。

すぐに持って帰りたいけど、荷物もあるし重すぎて一度には持てない。

仕方なく、一旦部屋に行って手荷物を置いてから、再度この段ボールを取りに一階まで降りてきた。持ち上げてみると、やはりかなり重い。これは絶対野菜だと確信する。

——重いなあ……この時期はなんだろう。

中身を想像しながらエレベーターに乗り、自分の部屋に戻ってきた。

宇部さんと同郷の私の実家は、農家を営んでいる。

先祖から受け継いだ広大な田畑で、主に父と母、そして祖父母が毎日精魂込めて農業に勤《いそ》しんでいる。

田んぼで稲を育てるのはもちろん、ビニールハウスの中でトマトの栽培をしたり、畑では出荷もしている数種類の野菜と趣味の範囲でいくつかの野菜を育てている。特にトマトに関しては地元のスーパーやレストランに卸しているほど、かなり力を入れて栽培しているのである。

そんな両親は、まるで定期便のごとく月に一度、実家で採れた野菜をこうして送ってきてくれる。

部屋の中に入り、キッチンの床に段ボールを置いた。ちなみに、私は子供の頃から親の仕事の手伝いをしてきたこともあり、わりと力持ちだ。野菜の入ったずっしり重い段ボールを持ち上げるなど余裕なのである。

「さーて、今回は何が入っているのかな？」

トマトに力を入れている我が家だが、トマトをそのまま送ることはあまりなく、トマトソースを作って瓶に入れて送ってくれることが多い。それがとても美味しいうえ、すぐパスタなどに利用できるためとても便利だ。

箱を開け中を確認すると、入っていたのはキャベツとジャガイモとカボチャ、そしてやはり瓶詰めのトマトソース。これら全部を私一人で消費するのはなかなか大変だが、もらえないよりはいい。

私は部屋着に着替え長い髪を一つに結い、仕事中はおろしている前髪を片方に寄せピンで留《と》めると、段ボールの前に座り込み母に電話をした。

「あ、お母さん？　荷物届いたよ。いつもありがとう」

『どういたしまして。たくさん食べなさい。それよりも世里奈、元気でやってるの？』

いつも明るい母の声を聞くと、気持ちが落ち着く。さっきまで宇部さんの彼女のことが気になって気持ちが沈んでいたのだが、少し気が紛れた。

「うん、元気だよ。そっちは？　皆変わりない？」

『変わりないわよ。でも、お父さんもお母さんももういい年だからね～、あちこち体にガタがきてて、そこら中湿布貼ってるわ』

あはははは～と笑う母だが、確かに父ももうじき還暦。母も五十代後半となればガタがきてもおかしくない。

「そっか……あんまり無理しないでね」

思わずこう言ってため息をついた。すると、なぜか母が数秒無言になる。

アレ？　と思っていると、さっきまでの高い声とは打って変わって、母の声が低くなった。

『世里奈……なんか様子が変ね。どうしたの、なんかあった？』

いつも通りに振る舞っているつもりだったのに、なぜ母にはバレてしまうのか。

――鋭いな……電話に目でも付いてるのかな……

それとも母親の勘みたいなものなのだろうか。

私は驚きつつも、母に心配を掛けないよう明るく振る舞った。

「ううん、大丈夫。なんでもないよ。ちょっと疲れただけだから」

ここには宇部さんを想っていることに疲れた、という意味も込められている。

『……そう？　それならいいんだけど。あまりにも辛かったら帰ってきなさい。ここには世里奈の居場所、ちゃんとあるから』

——私の居場所……

そうやって言われると、なんだか張り詰めていた糸が切れそうになってしまう。

「うん、ありがとう。本当にもう無理だって思ったら帰るよ」

『そうしなさい。じゃあね、ちゃんと栄養取って疲れたら体しっかり休めるのよ!?』

毎度おなじみの締め言葉に「わかってる」と返事をして、通話を切った。

——帰る、かあ……

スマホをタップしてホーム画面に戻し、床に置いた。

宇部さんのことはまだ好きだし、諦めたいわけじゃない。できることならずっと彼の近くで仕事ができればいいと思っている。

でも、このまま彼が別の女性と結婚してしまっても、私はこれまでのように彼の近くで働けるのだろうか。彼の結婚式を見ても、素直におめでとうと心から祝福することができるのだろうか。

——否、無理だ。他の女性と幸せになった宇部さんを想像するだけで胸が痛い。多分……私、この痛みに耐えられない……

私はスマホを手に取り、この前の結婚式のとき宇部さんに送ってもらった写真を眺める。

宇部さんを含めた社員数人と私が一緒に映っている写真だ。相変わらずかっこいい宇部さんに、うっかり見とれそうになる。

――この状況がいつまでも続くわけなんかないのに……

「……そろそろ潮時ってやつなのかな……」

いつ来るのかとずっと戦々恐々《せんせんきょうきょう》としていたけど、ついにそのときが来たのかもしれない。この恋を諦めるときが……

こうなったら最後にダメ元で一度食事でも誘ってみよう。それで、断られたら宇部さんのことはすっぱり諦めて、実家に帰ることも視野に入れてみようか……

ため息をつきながら、私はさっき買ってきたビールのプルトップを開け、グラスに注ぎ一気に呷《あお》ったのだった。

私が宇部さんの行動に対しモヤモヤし続けること、数日。ようやく楠木さんが新婚旅行から帰ってきた。

彼はお土産《みやげ》として社員のみんなに行き渡るほどの旅先で購入したお菓子と、奥様の十茂さんが勤務する店で売っているハーブティーを持ってきてくれた。

そんな楠木さんの執務室に行き、ここ数日の出来事を逐一報告した。もちろん、宇部さんの例の行動も忘れずに話した。それを聞いた楠木さんは、椅子に腰掛けたまま腕を組み考え込んでしまう。

「宇部が毎晩のように人に会いに……？　それは本当に仕事関係者じゃないのか」

「プライベートみたいなものだ、と仰《おつしや》ってました。だから余計どなたに会われていたのか気になってしまって」

「……わかった。宇部にそれとなく聞いてみる。だからあんまり気にするな。目の下クマ、できてるぞ」

指摘されてしまい、思わず目の下を手で押さえた。

なんせ宇部さんはあの晩だけでなく、その後数日に渡って誰かに会いに行っていた。

さすがにこれはもう、確実に会っているのは恋人なのではないかと確信し始めた。その結果、私は悩みすぎて眠れない夜を過ごしている。

「……ちゃんとコンシーラーで隠してきたのに……楠木さんは鋭いですね……」

「俺が鋭いんじゃなくて、お前のクマが濃いんだよ……」

やれやれ、と言いたそうに楠木さんが口元を歪《ゆが》める。

——もっとカバー力のあるコンシーラー、買おう……

「それにしても宇部に女性の影、ねえ……別に元々フリーなんだから、恋人ができたことを隠す必要はない。できたらできたでお前には報告すると思うけどな」

「教えてもらえないってことは、やっぱり仕事がらみってことですか？　だったらそれこそ、私に秘密にする理由がわかりません」

私が思わず愚痴を零《こぼ》すと、楠木さんが座ったままデスクに腕を突き、身を乗り出す。

「いや、そうじゃなくてさ。宇部としては、ただ単に碇に話すまでもないって思っただけなんじゃないか」

「……話すまでもない、とは？」

「ただでさえ碇は役員のスケジュール管理から体調管理、それと雑用まですべて一人でこなしてるだろ？

仕事量の多い碇のことを気遣っただけ、という可能性だってある」

「私はそんな、仕事量が多いとは思いませんけど……」

私が勤務するこの会社に重役は三名。会社立ち上げ時の中心メンバーである楠木、宇部、それともう一人財務担当の多田《ただ》。この三人の重役に付いている秘書は、私ただ一人だ。

もちろん手が回らないときは経理担当や総務担当の社員に応援を頼むことはあるが、基本的にほぼ一人で賄うことができている。でも、宇部さんの目にはそう見えていなかった、ということだろうか。

「もしかして、私一人では役員秘書としての仕事をこなせていない、と思われたのでしょうか」

ふと沸き上がった疑問を口にすると、楠木さんが「ええ？」と声を上げた。

「そんなことない。碇はよくやってくれてる。俺も宇部も多田も、碇がいるから安心して身の回りのことを任せられるんだ。碇にはなにも問題ないから、それだけは安心していい」

「……そう、ですか……ならばいいのですが」

私的な会話はこれくらいにして、今日のスケジュールと連絡事項を説明し終えた私は、一礼し楠木さんの執務室を後にした。


この翌日。楠木さんに呼ばれた私は、彼が愛飲しているハーブティーを淹《い》れ執務室のドアを開けた。

「失礼致します。楠木さん、ご所望のハーブティーを淹れて参りました」

私がハーブティーの入ったカップをトレイに乗せ執務室に現れると、それまでパソコンのモニターにかじりついていた楠木さんが、ぱあっと顔を輝かせる。

「ありがとう。今日のお茶は花粉症用にブレンドしてもらったものなんだ。どうも最近、鼻がむずむずするんでね」

「そうなのですね。今度私も十茂さんのお店で自分用にハーブをブレンドしていただこうかしら」

私がデスクの端にカップを置くと、楠木さんは早速カップを持ち上げ、香りを嗅いでからハーブティーを口に含んだ。

「……ん。うまい。やっぱ落ち着くな」

楠木さんは十茂さんと再会する前はコーヒーしか飲まなかった。そんな彼が、彼女とお付き合いをするようになってからはすっかりハーブティーに詳しくなり、今じゃ毎日と言っていいほど飲んでいる。ブラックコーヒーをガバガバ飲んでいた頃とは別人のようだ。

――愛する十茂さんの影響は大きいですね……

トレイを胸に抱きながらハーブティーを飲む楠木さんをぼんやりと見つめる。すると私の視線に気がついた楠木さんが、一旦カップをソーサーに戻した。

「悪い悪い。本題に入るよ。実は昨日、宇部と話したんだ」

宇部さんの名前が出た途端、私の胸が小さく跳ねた。

「そうですか。それで……私が気になっていたことは……」

「うん、聞いた。けど、あいつあんまり詳しく話してくれなかった」

「そうでしたか……」

楠木さんでもダメだったか、とがっくりする。

「このところ毎晩誰と会ってるんだ？　とストレートに聞いてみた。ついでに女性と歩いていたという目撃証言もあるぞ、と追い詰めたんだが、とにかく私的なことだからとしか言わないんだ。でも、会っている人の中に女性も含まれている、という事実は認めたよ」

「含まれている……？　じゃあ、数人で集まっているということですか」

「みたいだな。その女性とはどういう間柄なのかを聞いたんだが、一向に口を割らないんだ。だからそれ以上のことは残念だが俺にもわからない。なんというか、スッキリしない返事ですまん」

申し訳なさそうに目を伏せる楠木さんに、私はふるふると首を横に振った。

「いいえ、とんでもないです。聞いてくださりありがとうございました」

「いや、こんなんじゃ全然お前の気持ちが済まないだろ」

「済まないですけど……でも、楠木さんが聞いても教えてくれないなら、もう誰が聞いたってダメですから」

宇部さんがこの会社で一番心を許しているのは楠木さんだ。その楠木さんが聞いても教えてくれないのなら、もう誰も聞き出すことはできないだろう。

「まあ、また何か聞き出せたら教えるから。あんまり落ち込むなよ」

「はい、ありがとうございます。では、失礼します」

楠木さんの前では笑顔を保ち続けた私だが、執務室を出た瞬間、もう笑顔ではいられなかった。

――やっぱり女性がいた……

トレイを胸に抱えたまま、とぼとぼと歩き出す。

もうこれは、決定ではないだろうか。

二人だけではないかもしれないが、もしかしたら宇部さんは今、一緒に食事をする仲間の女性を口説《くど》いている最中なのかもしれない。口説き落として、晴れて恋人となれたらきっと楠木さんや私に紹介してくるだろう。将来結婚を考えている相手だと……

――そんなの考えなくても想像できる。地獄だ。

宇部さんが幸せになるのは私だって嬉しい。だけど、私はその光景を見て素直に「おめでとう‼」と言えるほど、できた人間じゃない。

大好きな初恋の相手が私以外の女性と結婚する。そんなのを見せられたら、多分私、立ち直れない。

よろよろ歩きながら給湯室へ向かう。途中、脚がもつれて転びそうになっていると、通りがかりの社員に声を掛けられた。

「碇さん大丈夫ですか？　えらくふらついてますけど」

「だっ……大丈夫です、ご心配なく……」

ヒールを履いたら百七十五センチ近い女がふらついているのだ、そりゃ周りからすれば気になるだろう。

だけど、今はその社員の言葉すら右から左にスルー。

それほど、今の私はショックで平常心が保てていない。

給湯室に到着した瞬間、人の目から逃れたことで一気に気が緩み、気持ちはどん底に達した。

――いつか諦めなければいけない日はくる。そう思い続けて十二年。覚悟だけはとっくにできてると思っていたのに……やっぱりそのときを迎えたらつらい……

シンクに溜まっていた洗い物を終えて数分。私はシンクの縁に手を掛けたまま、しばらくその場を離れることができなかった。


その日の夕方。宇部さんに呼ばれ彼の執務室に行くと、いつも通りの彼がそこにいた。

首元をくつろげた白いシャツにスラックスと、そのシャツを捲った手首には、数年前から愛用しているというシルバーの高級腕時計。

この会社に入った当初、近くに宇部さんがいることが嬉しくて、何度もあの腕に見とれたっけ。

「宇部さん、お呼びですか」

「ああ。ちょっと碇に相談したいことがあって」

宇部さんのすぐ近くまで歩み寄りつつ、相談という言葉に眉をひそめる。

「相談、ですか。どういったことでしょう」

椅子に腰を下ろし、全く手元を見ることなくキーボードを叩き続けている宇部さんに尋ねると、彼が一瞬だけこちらに視線を寄越した。

「女性が喜ぶような食事処《しょくじどころ》を予約したいんだが……これといって浮かばなくて。どこかおすすめはないか？」

言われた瞬間、私に雷《かみなり》のような衝撃《しょうげき》が走った。

——失恋……決定……！

ただでさえ落ち込んでいるところに、まさかのダメ押し。宇部さんの前でなかったら、膝から崩れ落ちるところだった。

「お……おすすめ……ですか。その相手の方の好みにもよりますが、どういったものがお好みでしょうか」

動揺しているのを察知されないよう、必死でいつもの冷静な自分を装う。

「んん？　好み？　どうだっけな……とくに好き嫌いはないはずだけど」

宇部さんが斜め上に視線を逸《そ》らしながら考え込む。

「ちなみに、その女性の年齢は？」

「今年で二十六」

それを聞いた瞬間、目の前が本気で真っ暗になった。

——私より二つ年下……‼

「そ、そうですね……でしたらアジア料理なんかいかがでしょう。タイ料理とか、ベトナム料理とか……若い女性はわりと好きな方が多いですし……」

動揺しつつ、聞かれたことには答えなければと必死で考えを巡らせる。

宇部さんはそんな私の心情など知る由もなく、真顔で小さく頷《うなず》いた。

「そうか……なるほど。じゃあ、その辺りで碇がいいと思った店予約してくれないか。できれば個室で。日付は……」

宇部さんは手元にあったメモにさらさらっと日程を書き込むと、それをピリッと破り私に差し出してくる。

「あ、ありがとうございます……あっ」

メモを受け取ろうとしたとき、うっかり落としそうになってしまい、咄嗟に拾おうとした宇部さんの指が少しだけ触《ふ》れた。

「す、すみません」

「いや、こっちこそ」

不意に触れた指の感触にドキドキしながらメモに視線を落とす。その日付は今日から二週間ほど先のもの。

――わざわざ予約するってことは誕生日か何かかな……意外に宇部さん、女性に対してマメなんだな……

そんなこと今更知っても、虚しいだけなのだが。

「予約の時刻は夜七時くらいで頼む。料理は当日注文するから、席だけ押さえてくれ」

「かしこまりました……」

会釈してすぐに踵を返した。が。

――諦めなければいけないことはわかった。でも……最後になにか、思い出が欲しい。だったら……

意を決した私は、再び宇部さんの方へ体を向けた。

「宇部さん」

「ん？　なんだ」

「今度、お食事でもどうですか」

キーボードを叩き続けていた宇部さんの手が止まり、彼の目が私を捉える。

「食事？　下見ってこと？」

「それでもいいですし、名目はなんでもいいです。私、宇部さんと二人で食事に行ったことがないので、一度行ってみたかったんです」

この六年間、宇部さんの秘書として働いてきたが、職務上の流れでもプライベートでも宇部さんと二人で食事をしたことがない。

もちろん社の宴会や楠木さん、あるいは取引先との会食に同席することはあった。それ以外にも何度か誘おうとしたことはあるが、一度もそういった機会は得られないまま今に至る。

ならばせめて、この会社を去る前に一度だけでいい。宇部さんと二人だけで食事をしてみたい。

「食事か」

宇部さんがキーボードに手を乗せたまま、ぼそっと呟く。

「……ダメでしょうか。あの、宇部さんのご都合いいときで構いませんし、場所も宇部さんの好みに合わせますので……」

「いや、俺に合わせる必要はないだろ。確かに言われてみれば碇と二人で食事はしたことがなかったな。わかった。そっちの手配は俺がする」

「えっ。いいのですか？　……あの……」

彼女さんは大丈夫ですか？　とうっかり言いそうになり、慌てて口を噤《つぐ》む。まさかこんなにあっさり承諾してもらえるとは思わなかったから。

つい驚きで声を上げると、宇部さんが苦笑する。

「いいさ。いつも頑張ってる碇にもご褒美をやらないとな。お前、好き嫌いとかなかったよな？」

「はい。嫌いなものなどなにもありません」

――あっさり承諾してもらえたところからすると、まだ彼女ができたわけじゃないのかな……。

こう思っていると、宇部さんがフッと笑った。

「わかった。じゃあ、予約が取れたらまた連絡する」

そのときちらっと私に送られた流し目に、胸がキュンとときめいた。

「あ……ありがとうございます……‼　楽しみにしております」

「おう」

本当はスキップでもしたいくらい嬉しいところだが、それを堪えて静かに執務室を出た。

これまですいすいと誘いをかわされてきたのに、なぜここで彼がOKしてくれたのかは不明だ。しかし、せっかくなら素敵な思い出として胸にとどめておきたい。

――いつ誘われてもいいように、今日の帰り服を買っておこう。ついでにお肌の手入れも念入りにしなくては。

そんなことを思いながら、私はウキウキで自分の席に戻ったのだった。

第三章　事態は思いがけない方向へ……

金曜はどうだ？　と宇部さんが私に確認してきたのは、私が勇気を振り絞って彼を誘った翌日だった。

「はい。私は大丈夫です」

まさかこんなに早く予約を入れてくれるなんて思いもしなかった。

私が驚いて目をしばたたいていると、宇部さんはいつものようにモニター画面から視線を外すことなく、サラリと言い放つ。

「あとでスマホに店の情報送っておく。現地集合でいいか」

「はい。あの、ありがとうございます。私が言い出したことなのに、お店の予約までしていただいて」

「いいって。たまには俺もこういうことしないと、碇に愛想を尽かされかねないからな」

「……は、はい」

心臓がずきっと痛む。

まるで、私の気持ちを察知してるみたいだ。

――まさかね。まだ誰にも話してないんだし、宇部さんが知ってるはずがない……

「当日、楽しみにしております」

「ああ」

宇部さんに会釈《えしゃく》しながら、心の中で独りごちる。

――大好きな宇部さんと二人きりで過ごした記念すべき夜として、一生私の胸に刻みます。

その思い出があるだけで、私はきっと今後の人生、宇部さんがいなくても生きていける――そう思っていたのに、まさかあんなことになるなんて。

このときの私は、自分の身に起こることを全くもって想像すらしていなかったのだった。


そして約束の金曜。

宇部さんから私のスマホに直接送られてきたのは、ホテルにある高級中華料理店のページだった。

――中華……私が好きだってこと、覚えてたのかな。

だいぶ昔に宇部さんが知人との会食で、何ヶ月も前から予約が必要な高級中華料理を食べに行くことが決まったことがあった。そのとき死ぬほど担々麺《たんたんめん》とエビチリにハマっていた私は、宇部さんに何度も「いいですね……美味しそうですね……」と羨ましさマックスで迫ったことがあったのだが、それを覚えていてくれたのだろうか。

――まさかね。そんなことあるわけないか……

食事に行くためだけに買ったふんわりしたトップスとスカートのセットアップを着て、長いストレートの髪を一つに纏《まと》め、いつもより少し高い位置で結ぶ。そして剥《む》き出《だ》しのデコルテに映えるよう、とっておきのジュエリーを身につけた。といっても私のお給料で無理なく買える程度のものだが、今日は特別な日だし、どうしてもお気に入りのものを身に付けたかった。

珍しく気合いが入ってしまったせいだろうか。今日に限って出勤時、いつもより声をかけられることが多かった。

「あれ、碇さん。今日はいつになく美しさに磨きがかかってない……？」

まずは同じビル内のオフィスに勤める二十代から三十代くらいの男性にエントランスで遭遇《そうぐう》した。この男性はたまに遭遇すると、いつもこんな風に私に声をかけてくるのだ。

「いえ……いつも通りですよ。でも、ありがとうございます。そんな風に言っていただけて、身に余る光栄です」

男性に会釈をしてからIDをかざしゲートを通過。すると、今度はエレベーターホールでやはりこのビルに勤務する別の若い男性に声をかけられた。こちらの男性も私と同じくらいの年齢で、先ほどの男性のように何度かエレベーターで遭遇するうちに声を掛けられるようになったのだ。

「碇さんおはようございます。なんか今日、めちゃくちゃ綺麗ですね」

「おはようございます。きっと気のせいだと思いますが……でも嬉しいです。ありがとうございます」

社交辞令だとしてもそう言っていただけるのはありがたいし、素直に嬉しく思う。

私は男性に会釈して、エレベーターに乗り込んだ。

「えーっと碇さん、前々から思っていたんですが、今度……」

「はい、なにか……?」

話しかけられて彼をじっと見つめていると、ちょうどエレベーターに楠木さんが入ってきた。

「お、碇。おはよ」

「おはようございます、楠木さん。すみません、話が途中になってしまいましたね」

楠木さんに挨拶をした後、すぐに男性に声をかけ直した。しかし男性は申し訳なさそうに手を左右に振るだけ。

「いえ、なんでもないので気になさらないでください」

「?　そうですか?　ならばいいのですが……」

彼がなにを言おうとしたのかが気になりつつも、先に男性が私達に会釈してエレベーターを降りてしまった。

フロアに到着し、先にエレベーターを降りた楠木さんは、一度立ち止まるとなぜか難しい顔で額を押さえた。

「今の男性に悪いことをしたかもしれない。すまん、話をぶった切ってしまって」

「え?　いえ。たいした話はしていないので大丈夫かと思います」

「そうか。それより、今日の碇はなんか気合いが入ってるな」

楠木さんが私の足先から頭のてっぺんまでを見て、口元に弧《こ》を描く。

「実は今夜、宇部さんと食事に行くんです」

「もしかして……二人きりで?」

「はい。だから勝手に気合いが入ってしまい……へ、変でしょうか。そのせいでしょうか、さっきから何人かの方に声を掛けられてしまいまして」

もしかしていつもと違いすぎてどこかおかしいのかもと、不安ばかりが湧いてくる。しかしそんな私の不安を、楠木さんが一掃するように笑い飛ばす。

「変なんかじゃない、いつもより碇が綺麗だから、みんな声を掛けてくるんだよ。もっと自信持てって」

「そ、そうなのでしょうか？　よくわかりませんけど……でも、楠木さんがそう言ってくださるなら安心しました」

「なんせ碇は身長もあるから、本気を出すとちょっと近寄りがたいレベルになっちゃうんだよな」

あははは、と軽やかに笑う楠木さんだが、私は彼が言ったことを聞き逃しはしない。

――近寄りがたいレベル……それは、どういう意味の……？

背が高くて近寄りがたいとは、もしやうっかり近づくと取って食われそうなくらい迫力がある、ということだろうか……

そんなキャラではないのに……とモヤモヤしながら楠木さんの後に続き、オフィスの自動ドア前でセキュリティに社員証をかざし解錠。中に入り、自分の席に向かって歩いていると、先に出社していた宇部さんと遭遇した。

「宇部さん、おはようございます」

「おう、おはよう。碇、ちょっといいか」

親指で執務室を示されたので宇部さんと一緒に執務室へ移動した。私が後ろ手にドアを閉めると、すぐに宇部さんが振り返る。

「今夜だけど、俺、その前に用を済ませてから車で向かうんで、多分七時頃になると思う。都合、大丈夫か」

「はい。私は何時でも構いません。多少遅れても問題ありませんので、慌てずに安全運転でお願いします」

「わかってるよ。じゃあ、また後でな」

「はい。では、失礼致します」

至っていつも通り、という体を保ちながら会釈をし、執務室を出た――が。その瞬間、思わず顔を両手で覆ってしまった。

だって、今の顔を誰にも見られたくなかったから。

――ふう、やばかった。嬉しくって顔が蕩《とろ》けるところだった……

外で待ち合わせて一緒に食事だなんて、まるで恋人同士のよう。最後の最後でこんな経験ができるなんて。

今日一日頑張ればご褒美が待っている。

私は背筋を伸ばし、気持ちを切り替えて自分の席まで脇目も振らず真っ直ぐ歩いた。


夕方になると宇部さんは、私に前もって言っていた通り外出した。それを見送ったあとは時間が気になって仕方がない。そわそわしていると、あっさり楠木さんに見破られてしまう。

「……碇、落ち着け。お茶零《こぼ》れてるから」

気がついたら、楠木さんにと持ってきたハーブティーが揺れ、ソーサーに少し零れていた。

「はっ……！　も、申し訳ありません……‼」

慌ててトレイに乗せておいた濡《ぬ》れ布巾《ぶきん》でお茶を拭《ふ》いてから楠木さんを見ると、ニヤニヤしながらこっちを見ていることに気付く。

「お前緊張しすぎだろう。大丈夫かよ」

呆《あき》れながらティーカップを持ち上げた楠木さんを前に、私は無意識のうちにため息が出てしまう。

「大丈夫、だと自分では思っているつもりなんですけど……やっぱりどうしても緊張してしまいますね……だって、ずっと憧れている人と二人だなんて、平常心でいろってほうが無理だと思います」

「まあ確かにそうだけどな。それにしてもお前、思いきったな」

ハーブティーの香りを嗅いでから喉を潤《うるお》す。そんな楠木さんに、私はまだ宇部さんを諦めて実家に帰ろうとしていることを伝えていない。

「……これが最後です。今夜、一緒に食事をしてもらったことを記念にして、もう宇部さんのことは諦めるつもりなので」

正直な胸の内を明かすと、途端に楠木さんの表情が真顔になる。

「碇……本気か」

「はい。この前楠木さんに状況を教えてもらってからずっと考えてたんです。最後にちゃんと思いを伝えて、しっかり振られて地元に帰ろうかなって」

「……ちょっと待て。振られて……地元に帰る？　まさかお前、ここを辞めるつもりか」

「まだ決定ではないですが、そういう選択肢もあるかな、と」

私が頷くと、楠木さんが慌てたようにカップをソーサーに戻す。

「碇、宇部とのことは別にして、なにもここを辞めることはない。宇部と顔を合わせるのが嫌なら、その辺りは俺がなんとかする。だから辞めるなんて言うな」

楠木さんがいつになく真剣な顔で私を諭す。

そんな風に言われてしまうと、気持ちが揺れる。

「それはありがたいのですが……でも、私、宇部さんが今後私ではない誰かとお付き合いをして結婚して、子供を成してとか、この会社で宇部さんの人生をずっと平常心で見ていられる自信がありません」

正直な気持ちをきっぱり言うと、楠木さんは額を手で押さえ、大きく息を吐き出した。

「そうかもしれないけど……でも、俺や宇部や多田だけじゃない。他の社員だってお前が辞めるとなったら間違いなくショックを受ける。お前は自分じゃ気がついていないかもしれないが、もうすっかりうちにはなくてはならない存在なんだよ」

「……でも……もう、そのつもりで……」

口ではこう言いつつも、決心はぐらぐらに揺らいでいる。

――……まさか楠木さんがそこまで言ってくれるとは思わなかった……

返す言葉に困って口ごもっていると、察した楠木さんが立ち上がり、私と距離を縮める。

「とにかく、辞めるつもりでいることはまだ誰にも言うな。それにまだ宇部に振られると決まったわけじゃないだろ？」

――いや、振られるのはもう決まったようなものなのですが……

こう喉まで出かかったけど、それは言わずに飲み込んだ。

ＣＥＯである楠木さんがここまで言ってくれた。その気持ちを考えると、これ以上自分の気持ちだけを押し通すことはできなかった。

「……わかりました、もうしばらく考えます。でも、宇部さんに振られたら多分……一緒に働くことは難しいと思います。やっぱり、顔を合わせにくいですし」

「わかった。そうなった場合は俺も考えるから。とりあえず今夜はあんまり暗くならずに、純粋に食事を楽しんでこいよ。宇部のおごりだろ？」

楠木さんが私の肩をポンポンと叩く。

「いえ、誘ったのは私なのでその辺は……でも、ありがとうございます」

方や長年の片思いが実って結婚した人と、方や今夜意を決してフラれに行く私……

――差がありすぎるなー……

そんなことを思いながら、執務室を後にした。

滞りなく本日の業務を終えた私は、宇部さんとの待ち合わせ場所であるホテルに向かっていた。

そこは国内外のＶＩＰや著名人が来日の際に宿泊するような高級ホテル。間違っても私が気軽に食事をしに来る場所ではない。

——ただの秘書にこんなすごいとこ予約してくれなくてもいいのに……

最寄り駅から少し歩いたところにそびえるホテルを見上げながら、感嘆のため息を漏らす。

でも、相手が誰であろうと手を抜かない宇部さんの、そういうところも好きだったりする。

それを改めて実感しながら、私はホテルのエントランスへと歩を進めた。

ロビーを抜け、レストランがあるフロアまでエレベーターで向かう。予約してもらった中華料理店の入り口に立つスタッフに宇部の名を伝えると、すぐに「お待ちしておりました、こちらへどうぞ」と店の中に案内された。

宇部さんはまだ来ていないだろうと思いながらスタッフの後をついて行くと、テーブルに着いている男性の姿が見えた。宇部さんだった。

——嘘《うそ》。もう来てる……！

宇部さんは私に気がつくと、飲んでいたグラスを置き軽く手を上げた。そんな姿がいちいち格好良くて、私の緊張はピークに達した。もう、普通に歩けているかどうかすらわからない。

「お……お疲れ様です。宇部さんお早いですね。もっ、もしかしてお待たせしてしまいましたか……？」

「いや。予定よりも早く仕事が片付いたんで、そのまま来ただけだ。気にするな」

「はい……では、し、失礼します」

円卓に宇部さんと向き合って座る。なにげに向かい合って座るのすら初めてのことで、想像以上に緊張してしまう。

今まで同じテーブルとか、横に座ったことはあるけど、向かい合うのは初めてだ。毎日のように顔を合わせている相手なのに、いざ向かい合うとどんな顔をしたらいいのかわからない。

――わーん。最後に二人で食事をなんて気軽に思ってたけど、こんなに緊張するなんて……！

こんな気持ちになるなんて、私は十代の乙女か。いや、確かに処女だからある意味乙女……？ と内心で首を傾げる。

太ももの上に置いた手に視線を落としドキドキしていると、「碇」と声をかけられた。

「飲み物はなににする？ 帰りは俺が送ってやるから、遠慮なく酒飲んでくれていいぞ」

その言葉に反応し、宇部さんの手元を見る。確かに彼が飲んでいたのはガス入りのミネラルウォーター。

そういえば今日は車で来ると言っていたか。

気遣ってくれるのは嬉しいけど、さすがに上司を差し置いて酒を飲むなど、私にはできない。

「いえ、そんな……私はお茶をいただきますので」

「なんだ、飲まなくていいのか？」

宇部さんがさっと手を上げ、スタッフを呼ぶ。

「……今、私の中でお茶がブームなので。美味しいジャスミンティーがいいです」

「承知した」

宇部さんは私の分のジャスミンティーと、ついでに自分も同じ物を注文した。

再びスタッフがいなくなってしまうと、また目のやり場に困って視線を落としてしまう。

——こういうときって、どんな会話をすればいいいんだろう……

秘書としてのスキルは磨いてきた。しかし、女性としてのスキルははっきり言って中学生レベル。いや、いまどきの中学生ならこんなことで緊張などしない。もはや中学生以下だと思う。

自分で考えたくせに、中学生以下というワードに落ち込みそうになる。そんなとき、先に宇部さんが口を開いた。

「ところで碇。お前、なにかあったのか」

両手を組み顎に添え、宇部さんが私を見つめてくる。その真剣な眼差《まなざ》しにドキリとする。

「な、なにか、とは……?」

まさか私の気持ちに気がついているのか。それとも、楠木さんが話したのか。その辺りの真意がつかめなくて困惑した。

「誤魔化《ごまか》したって無駄だ。このところの碇、様子がいつもと違ってたからな。お前、なにか悩んでるんだろ?」

「……え?」

「楠木や多田には言わないでおくから、なにかあるんだったら言っちまえ。楽になるぞ」

まさか自分のことで悩んでいる、などとは露《つゆ》ほども思っていない。そんな宇部さんの笑顔を見ていたら、つい顔が緩んでしまった。

「いえ、そういったことはなにもありません……よ」

「そうは思えないな。少なくとも、今回俺を食事に誘ったのは、なにかあるんだろ？」

この人、なんでこういうことに鋭いんだろう。

「なにか、というか……宇部さんと二人で食事ってしたことないと思いまして……前々からご一緒してみたかったんです。そ、それだけです」

精一杯の笑顔で嘘をつく。でも、宇部さんはまだ納得がいっていないようだった。

「それで俺が納得すると思うか」

「しないかもしれませんが、これ以上のことを今は申し上げられません」

今夜は、宇部さんに自分の気持ちを話す。そのつもりでここへ来た。だけどそれは今じゃない。

せめてこの人との食事を楽しんでからだって遅くはないはずだ。

でも、宇部さんはこの言葉にピンときたようだ。表情が変わった。

「今は、ってことは、この後なにかあるのか」

「それはまたあとで話します……あ、料理が来ましたよ」

タイミング良く前菜が運ばれてきたのをいいことに、この件を終わらせる。

白い皿に少量ずつの、色鮮やかな数種類の前菜が私と宇部さんの目の前に並ぶ。

「すごく美味しそうですね」

「俺は美味いと思う。何回か来てるけど、毎度美味さに感動して帰るから」

「毎回ですか。それはすごい。楠木さん達と来たことはあるんですか？」

「何度かは。楠木の誕生日に北京《ペキン》ダックおごってやったことがある」

綺麗な箸使いで料理を口に運ぶ宇部さんを視界の端に捉えながら、私も前菜をいただく。

蒸した鶏肉《とりにく》に生姜《しょうが》がきいたソースをかけたものや、ピータン、それからコリコリと歯ごたえが楽しいクラゲ。どれも後引く美味しさだ。

——うわあああ……ヤバい。語彙力ふっとぶくらい美味しい。

「宇部さん」

「なんだ」

「全部美味しすぎます」

素直に言ったら、宇部さんがクスッとする。その笑顔にドキッとした。

「安心しろ。俺も同じ事考えてたから。ていうか、まだ前菜だろうが。メインはこれからだぞ」

確かに彼の言うとおり。メインがまだ来ていないのに今からこんなに感動していていいのだろうか。

「これは……自然と期待値が上がってしまいますね」

「だろ」

あっという間に前菜を食べ終えると、とろみのあるフカヒレのスープが運ばれてきた。それもぺろっと食べ終えると、今度は食材を乗せたワゴンと共にスタッフが現れる。なんだろう、と注視していると、スタッフが準備を始めたのは北京ダックだった。

スタッフが切り取ってくれた薄い北京ダックを、生地に乗せ甜麺醤《てんめんじゃん》を塗り、そこに細切りにしたキュウリとネギをのせ、箸で丁寧に巻く。それを口に運んだときの、美味しさときたら。

——おいしいっ……‼　パリッとした皮の香ばしさと旨《うま》み、それと薬味の食感と甜麺醤の甘みがすごく合う……‼

思わず足をジタバタしたくなるくらい美味しかった。

「宇部さん……これも非常に美味しいです」

「そうかよかったな。俺も同じ事考えてたわ」

「足をバタつかせたくなるくらい、美味しいと？」

「バタつかせはしないが、美味いと思う」

口元に笑みを浮かべながら食事する宇部さんなんて、何年ぶりに見ただろう。ほぼほぼ執務室に一人で籠って超早食いで仕出し弁当を食べる宇部さんしか見てこなかったから、これだけでもかなり嬉しくなる。

——いつまでもこんな宇部さんを見ていたかった。でも、もうそれも叶《かな》わない。

だったら目に焼き付けておかねばと、必死で宇部さんをチラチラ盗み見ていた。

その後運ばれてきたアワビに、国産の最高級豚肉を使用した黒酢酢豚《くろずすぶた》、海鮮あんかけチャーハンに〆は杏仁豆腐《あんにんどうふ》。

——あんまり甘い物が好きではない宇部さんは杏仁豆腐を食べるのかな。

私が気にして見ていると、彼はそれを美味しそうにペロリと平らげた。

「宇部さん、甘い物は苦手では？」

「苦手だけど、これは美味いから好き」

「そうなのですか」

宇部さんのことが一つ知れて嬉しく思うも、今更だなと心の中で苦笑した。

それにしても料理はすべてどれも美味しかった。残すことなくきっちり全部食べたので、お腹《なか》はすでにパンパンだ。

大好きな人と美味しい料理。この二つで私の心とお腹はすっかり満たされていた。

——満足です……これ以上ないほどに……

「ところで碇」

ジャスミンティーを飲んでいた宇部さんが、改まった口調でこう言ってカップを置く。

「はい」

「さっきの話の続きは？」

——きた。

宇部さんが腕を組んで身を乗り出す。これは、完全に聞く体勢に入っている。

「……それは、ですね……」

口を開きはしたものの、やはりいざとなると言いにくい。

しかも今は高級料理を食べ、まったりしている最中。ここで私が宇部さんのことが好きで、一緒にいるのが辛いから会社を辞め実家に帰ると話したら、絶対にこの雰囲気は壊れてしまう。……いや、それ以前に私に好意を持たれていると知ったら、宇部さんは困惑するはずだ。

そんなことわかりきっている。だからこそ、ここまで引っ張ったのだ。

「で、なんなんだ」

宇部さんの表情がさらに険しくなる。これ以上待たせることはできないと悟る。

「じ、実は……会社を辞め、地元に帰ろうかと思っておりまして……」

「は？」

私がこんなことを言い出すとは全く予想していなかったのだろう。宇部さんが珍しく高い声を出し、目を見開いた。

「……地元に戻るって、なんで急に」

「いやその…………ほ……ほら、うち農家じゃないですか。両親もいい年なので、私も手伝ったほうがいいかなって、思って……」

告白するつもりだったのに。いざとなるとこの口が勝手に回避して、ペラペラと違うことを語り出す――いや、でも、ある意味間違ってはいない。親のこともずっと気がかりだったから、これはこれで事実だ。

私が視線を泳がせていると、宇部さんが困ったように額を押さえる。

「確かにご両親のことは心配だろうが……でも、碇には兄弟がいるだろ。任せることはできないのか」

「兄は銀行に勤務してて実家のことはノータッチなんです。弟は教員で、今は地元を離れてますし。となると、私しかいないので……。母もできれば私に手伝ってほしいと前々から言っていたこともありまして……」

「……だから今夜、俺を誘ったのか？　俺との食事もこれきりにするつもりで」

　私は静かに頷いた。

「……はい。辞める前に、一度ちゃんとご挨拶をと思いまして。新卒で採用していただき、ここまでありがとうございました。宇部さんがいなかったら、今の私はなかったと思うので……私が今日まで頑張れたのは宇部さんのお陰です。本当に……感謝しています」

　今言ったことはすべて本心だ。間違いなく、宇部さんがいなければ、彼の事を好きにならなければ、今の私は存在しない。

　ずっと言おうと思ってたけど、『好きでした』という言葉を言わないままでもいいかな……と思い始めたとき。宇部さんが目力《めぢから》強めで見つめてくる。

「納得できないな」

「え……え？」

　想定外の答えに、私は目を丸くして聞き返した。

「俺も同じ地元だからわかるが、あの辺は七十、八十歳まで現役で農業をしている人も多い。親のことが心配なのはわかるが、お前の両親はまだ若いだろう？　体調を崩しているならまだしも、元気なら今すぐ帰る必要はないはずだ。それに手が足りないなら、その辺は人を雇《やと》うなりすればどうにかなる。なんなら俺が知り合いに交渉したっていい」

私が口を挟む間もなく、どんどん話が進んでいく。

「……あの、宇部さん……そ、そこまでしていただくのは、ちょっと……」

「いや。碇が辞めなくて済むなら、俺はいくらでも口を出す。同郷のよしみだ、これくらいはなんてことない」

宇部さんの剣幕《けんまく》に圧倒され、返す言葉がない。まさかこんなに引き留められるなんて思わなかった。

きっと辞めますと言っても、「そうなんだ」とか「元気でやれよ」くらいで、あっさり見送られるとばかり思い込んでいたのに。こんな対応をされると調子が狂う。

――となると、やっぱり宇部さんが好きで、近くにいるのが辛いから離れたいって、本当のことを言わないとだめだ。そうでないと、きっと宇部さんは何を言っても納得してくれない。

だけど……言えない。

唇を噛《か》んで押し黙っていると、宇部さんがスタッフを呼び、テーブルチェックを申し出た。それを見てハッとする。

「宇部さん、私、自分の分は自分で払います」

「ここは俺が払う」

「でも」

「いいから。黙っておごられてろ」

宇部さんは再び近づいてきたスタッフにカードを手渡し、私にきっぱりとこう言い放った。

こうなると、もう彼になにを言っても無駄だ。

「ありがとうございます……ごちそうさまです、とても美味しかったです」

「どういたしまして」

チェックを済ませ店を出た私と宇部さんは、黙ったままエレベーターホールに向かう。

「碇、徒歩で来ただろ？　家まで送る」

エレベーターに乗り込んだ宇部さんが、地下駐車場のボタンを押す。

「いえ、そんな……おごってもらった上に家まで送らせるなんて、とんでもないです」

私が慌ててフロントのある階のボタンを押そうとすると、その手を宇部さんに掴《つか》まれてしまう。

「じゃあ、お前が俺の車を運転して自分のアパートに行けばいい。それならどうだ」

手首を掴んだまま宇部さんが私を見つめる。いつもならその視線にドキドキするのに、今は困惑してしまう。

まるで、断ることは許さない。そう言われているようにも聞こえたから。

「……わ、私が運転してもいいのならば」

「なにを今更。何度も運転してるだろうが」

「いつもは仕事でしたから。今は完全にプライベートで……」

「細かいこと気にすんな。いくぞ」

地下駐車場に到着しエレベーターの扉が開くと、宇部さんが会話をぶった切って歩き出す。それを受けて私も慌てて彼の後を追いかけた。

宇部さんの進行方向に見えてきたのは、私も何度か乗せてもらっている宇部さんの車。外車で左ハンドルのため、最初に乗った時は感覚の違いにビクビクしたけど、今では乗り心地が最高にいいと知っている。

「ほら」

スマートキーを渡され、「では、失礼します」と一声かけてから運転席に乗り込んだ。車内には宇部さんの香りが立ちこめていて、うっかり匂いにあてられてくらくらしかけた。

――いけないいけない。気を引き締めないと……

深呼吸をして気持ちを落ち着ける。後方のドアを開けジャケットを脱いでいた宇部さんは、そのジャケットを後部座席に投げドアを閉め、助手席に座った。

てっきり宇部さんは後部座席に座ると思い込んでいたので、隣に来られて驚いてしまった。

「な、なぜ隣に……⁉　宇部さんいつも後ろだったのに」

私をちらっと見た宇部さんは、助手席のリクライニングを後ろに倒し、体を預けた。

「お前が言ったんだろうが、完全プライベートだって。それに、一度碇の運転を隣で見てみたかったんだ。なんせA級ライセンス持ってるくらいだし」

「……ただ持ってるだけですよ。運転技術は宇部さんの方が上だと思いますが」

やや呆れながら革のハンドルを握り、アクセルを踏んだ。

ライセンスはとくにレーサーになりたかったとかそういった理由があるわけでなく、たまたま私の従兄弟《いとこ》が趣味でよくサーキットに通っていたため、なんとなく興味本位で私もライセンスを取ってみただけだ。

「そんなことはないだろう。いつだったかな、数年前多田が趣味で所持してるスポーツカーを碇に運転させたら、めちゃくちゃ運転上手くて格好良かったたって興奮してたことがあった」

「ああ……あの車、すごく扱いにくかったんですよ……気を抜くとエンストしそうだったし」

「それでもタイトスカートとパンプスで、あれだけ運転できりゃたいしたもんだって、多田が褒めてたぞ」

「……ありがとうございます」

キュキュキュキュとタイヤが音を立てながら、地下駐車場から地上に出る。一瞬自分の位置がよくわからなくなって無になりかけた。しかし、そんな私に気付いた宇部さんが咄嗟に「左だろ」と、ぼそり。

それに従って左にハンドルを切った。

「すみません。ありがとうございます」

「ああ」

宇部さんはこう言ったきり黙り込んでしまった。

おそらく、私が会社を辞めると言ったことが尾を引いているんだと思うけど、ずっと無言でいるのは結構ダメージを食らう。

——気まずい……でも、どうしたらわかってくれるんだろう。やっぱり、本当の気持ちを言わないとダメなんだろうか……

多分時間にすると五分くらいの間があったと思う。その静寂を破ったのは宇部さんだった。

「碇」

「……はい」

「お前、実家に帰ったら農業だけするつもりか」

かなりリクライニングを倒した助手席で腕を組みながら、宇部さんがぼそぼそと話し出す。

「だけ、ではないと思いますけど……出荷場や契約している所に野菜を運んだり、事務作業もあるんで」

「もしかして実家に帰ったらお見合いの話があるとか、そういうことではないのか」

まさか宇部さんの口から超意外な「お見合い」などという言葉が出るとは。

これには私も驚いて、思わず隣にいる宇部さんを見てしまう。

「は？　お見合い？　なんでそうなるんですか」

「なんでって、お前の年齢ならそういう話があってもおかしくないだろ」

「たしかにありそうっちゃありそうですけどね……でも、今のところそんな話は一つも来てないですよ。それに私、まだ結婚する気はありませんし」

自信をもってこう言い切った。だけど、実は大嘘《おおうそ》だ。すでに知人などから見合いの話はいくつかもらってると先日母が教えてくれた。

しかし、私が好きなのは宇部さんだ。片思いも十年以上となると、恋心が体に染みついてしまい、そうそう簡単に別の男性に鞍替《くらが》えなどできない。その辺りを考慮して、母にはあらかじめ当分の間、見合い話を受けないようお願いしたところだった。

「お前はそう思っていても、ゴリ押しされたら断れないこともあるだろうが。こっちにいれば回避できることも、向こうに行ったら逃げられない。地元に戻るっていうのはそういうことなんだよ」

私がちゃんと説明しても、宇部さんはまだ信じる気配すらない。

「でも私が会社を去ったとしても、すぐにいい人材が入ると思いますよ？　慣れるまで時間はかかるかもしれませんが、私だって最初から全てを完璧にできたわけじゃありませんし」

「そうかもしれない。でも、俺はやっぱり、碇には俺たちの近くにいてほしい」

俺の近くにいてほしい。

そう聞こえたような気がして、私の心臓がどくん、と大きく跳ねた。

——……っ、なに、今の……こんなこと今まで言われたことない……

酒のせいか!?　と思ったけど、よくよく考えたら宇部さんは素面《しらふ》だ。となると、これは宇部さんの本心なのだろうか。

自分なりに解釈したら、心臓がどくどくとうるさいくらいに音を立て始め、ハンドルを持つ手も落ち着かない。

「うっ……宇部さん……？　ど、どうしちゃったんですか……？　そんなこと今まで……一度も……」

「こんなときに言わないでいつ言うんだ。とにかく、俺はお前が辞めることには反対なんだよ。実家に帰ることはもう一度考え直してくれないか」

真剣な声音の宇部さんに、これ以上なにも言えない。

——どうしたらいいんだろう。こうなったらもう、本当の気持ちを打ち明けるしかない。あなたのことが好きだから、側にいるのが辛いんです、と……

「う……」

ハンドルを強く握りしめたまま、声を絞り出そうとする。でも、やっぱり言えない。

――言いたい。でも、言えない……私、どうしたらいいの……⁉

ハンドルを持つ手が小さく震え出す。

そんな私の異変に気がついたのか、宇部さんが助手席から私に声をかけてきた。

「碇？」

私を覗《うかが》うような宇部さんの声にドキッとしたそのとき。視界の左側に煌《きら》びやかなネオンと「ＩＮ」の看板が見えた。

そこはいつもだったらスルーするような場所。しかし今日に限ってなぜだかその看板に気持ちが引っ張られてしまい、気がついたらウインカーを出し、左にハンドルを切っていた。

「碇⁉」

私がなにも言わずいきなり進行方向から外れたことに驚き、宇部さんが声を上げた。しかし、そのときすでに車は駐車場を矢印に沿って奥まで進んでしまっていた。

「ＩＮ」という看板の隣にでかでかと表示されているのは、休憩の金額と宿泊の金額、それとフリータイムという文字。

そう、ここはいわゆるラブホテルだった。

「……ちょ……碇。ちょっとまて……」

隣で困惑している宇部さんの声が聞こえたけど、聞こえないふりをした。

電飾に囲まれキラキラしている駐車場のどこに車を停《と》めればいいかわからなくて、適当にその辺にあった駐車スペースに頭から突っ込んで車を停めた。シフトレバーをパーキングに入れた私は、咄嗟にハンドルに額を預け、宇部さんから顔が見えないようにする。

「……すみません。ちょっと……そこにホテルがあったので入ってしまいました」

「いや、そうじゃないだろ。なんで今までホテルにいたのにまたホテルに入ってるんだよ。しかもここラブホだぞ」

宇部さんが言うことは尤《もっと》もである。

「確かにそうなんですけど……私、こういうところ来た経験がなくて……ずっと気になってたので……」

自分でも何を言ってるかよくわかっていない。

確かにずっとラブホテルというものがどういった場所なのかが気になっていた。でも、今じゃないだろ、私。

そう思っているのは宇部さんも同じようだった。背もたれに背中を預け、はあ〜と大きくため息をついている様子からして、この状況に呆れていることは間違いなさそうだった。

「碇、出よう。ここは俺たちが来るような場所じゃない」

俺たちが来るような場所ではない。

つまり、私達は恋人でもなんでもないから、そういう行為とは無関係という意味。

宇部さんが言ったことを理解した瞬間、私の中で何かがプツンと切れた。

――あっ……そうですか……

このまま気持ちを伝えずにいようと思っていたが、そんなことすらもう、どうでもよくなった。

投げやりになった私はハンドルから顔を上げ、助手席にいる宇部さんの胸ぐらを掴み強引に引き寄せた。

「なっ、いか……」

宇部さんが私の名を最後まで呼ぶ前に、私は勢いよく彼の唇に自分のそれを押しつけた。

人生で初めてのキス。ずっと前から夢見ていた、好きな人とのキス。

押しつけながら「やってしまった」と一瞬後悔が頭を掠《かす》めた。しかしどうせ会社から去るのだ。後の事など知ったこっちゃない。

だったらこれを記念として、彼への恋心に蓋《ふた》をする。そのつもりで宇部さんの唇の感触をしっかり記憶しようと、全神経を集中させた。

――やわっ……やわらかい……

人の唇がこんなに柔らかいものだということを、齢《よわい》二十八にして初めて知る。

長年思い続けていた人とのキスに、背中に羽が生えたようにフワフワしそうになる。

しかし残念ながら宇部さんにいきなり肩を掴まれ、べりっと剥《は》がされてしまう。その瞬間、夢見心地だった私は現実に引き戻された。

宇部さんと私は見つめ合ったまま無言の時間を過ごす。それはほんの数秒なのに、ものすごく長く感じた。

「……お……お前、いきなりなにやってんだ」

宇部さんが言葉を絞り出す。

「なにって、キスです……」

「そんなことはわかってる。どういう意味でしたのかって聞いてる」

「どういうって……それは……」

そんなの、好きだからに決まっている。ここまできたら誤魔化しも嘘も必要ない。正直に気持ちを話してしまおうと決意した。

「申し訳ありません宇部さん。隠していましたが、私、あなたのことがずっと好きでした」

「……いか」

宇部さんがなにか言おうと口を開いたのと同時に、私は彼に向かって思いっきり頭を下げる。

「いきなりキスなんかしてお詫《わ》びのしようもございません。でも、私、これを思い出に……」

あなたのことを諦めます。そう言おうとしたら、なぜか話の途中で宇部さんがシートベルトを外した。

なにをしているのだろう。

私が神妙な顔で宇部さんの行動を目で追っていると、彼がこっちを見る。

「降りるぞ」

「え」

——それは、もしかして運転を交代する、という意味……？

もしかして怒らせてしまったのだろうか。いや、普通怒るか。なんせいきなりラブホテルに連れてこられたうえに強引にキスまでされたのだ。怒らない方が奇跡というもの。

自分でしでかして勝手に落胆した私は、大人しくシートベルトを外し車から降り、助手席側に回ろうとした。が、宇部さんは私と入れ替わりで運転席に来るわけでもなく、ただ立って私を見ている。

「……あ、あの……？」

席を入れ替わるのでは⁇　と指で合図した私を置き去りに、なぜか宇部さんがスタスタとホテルの入り口に向かって歩き出した。

「ほら、行くぞ。気になってたんだろ。社会勉強に付き合ってやる」

「え……い、いいのですか」

すると前を行く宇部さんが振り返った。

「そんなとこに突っ立ってると怪しまれるぞ。それに他の客が来たら困るだろうが。いいから来い」

他のお客さんが来ることなどすっかり失念していた。それに気がつき、慌てて宇部さんに駆け寄った。

「す、すみません」

私が近くに来ると、宇部さんが再び歩き出す。駐車場に直結した自動ドアを抜けると、目の前に部屋番号と部屋内部の写真が貼られたパネルが現れた。どの部屋もやけに色鮮やかでびっくりした。

「えっと……あの、これは」

「ここで見て好きな部屋を選べっていうやつ。部屋の広さによって金額もそれぞれ違うんだ。お前が好きな部屋選んでいいぞ」

何食わぬ顔でサラッと言われてしまい、ポカーンとする。

——絶対宇部さん、来たことあるでしょ、こういうとこ……

「好きな部屋と言われましても……目移りしてよくわからないんですが」

「いいから早く選べ。こんなところに長く居たくない」

「はっ、はい、では……」

宇部さんの機嫌をこれ以上損ねたくない。私は咄嗟に真ん中くらいのグレードの部屋パネルを選び、ボタンを押した。するとそのパネルのライトが消え、代わりに取り出し口からカードキーが出てきた。

宇部さんは素早くそのカードキーを取ると私の腕を掴み、エレベーターに乗り込む。部屋のある階に到着するまで宇部さんは無言のまま。彼が一体なにを考えているのかが気になって仕方がない。

——やっぱり怒ってるのかな……

いくらこれが最後になるといっても、あまりにも迷惑をかけ過ぎなのでは。

せっかくこれまでの仕事ぶりを評価してもらい、必要な人材だとまで言ってもらえたのに、私がしているのはそれをすべて帳消しにしてしまうような行為なのかもしれない……

「宇部さん、あの……」

「着いた。ほら、行くぞ」

謝ろうと思ったのだが、目的の階に到着しエレベーターの扉が開いた途端、宇部さんに腕を引かれる。

「そこだな」

宇部さんの声に反応して顔を上げると、進行方向にある部屋のドアの上部が一定の間隔で点滅していた。どうやらそこが私の選んだ部屋らしい。

カードキーで解錠し、ドアを開ける。その瞬間部屋中の照明がパッと点り、一気に視界が明るくなった。

部屋の中心まで進んだ宇部さんが、やれやれといった様子でベッドに腰を下ろす。

その大きなベッドには枕が二つ綺麗に並んでいて、よせばいいのに宇部さんと一緒に寝ている自分を想像してしまう。その途端、心臓が口から出そうなくらいドキドキした。

「ほら、どうだ？　初めてこういう場所に来た感想は」

急に感想は、と問われても咄嗟に浮かんでこない。が、ここが特殊な空間だということだけはわかる。

「……な、なんといいますか……落ち着けるような、落ち着けないような……」

私が立ったまま部屋中を見回していると、宇部さんが堪《こら》えきれない、とばかりに噴き出す。

「あたりまえだろ。そういうことをするための場所なんだから。バスルームでも見てくれば？」

「そうですね、じゃあ……せっかくなので拝見致します」

勧められるままふらふらとバスルームに移動した。が、驚くことに洗面台の向こうにあるバスルームのドアは磨《す》りガラスになっておらず、ここからだと入浴している人が丸見えだ。

――ええ？　み、見えちゃうじゃない……‼

動揺しながらバスルームのドアを開ける。浴槽は丸くて広く、大人二人が余裕で入れる大きさだ。

「ジェットバスとか付いてるんじゃないか」

いつのまにか宇部さんが背後に立ち、私の肩越しにバスルームを見ていたので、驚きのあまりビクッと肩が震えた。

「う、宇部さん……近くに来たなら来たって言ってくださいよ」

「なんでいちいちそんなこと言わなきゃいけないんだ。どうする、風呂でも入っていくか」

「ちょ、ちょっと待ってください。今、私、そんな余裕ないです」

宇部さんとこういう場所で二人きり、という状況だけでもう心臓が破裂しそうなのに、のんびりとお風呂に浸《つ》かるとか想像できない。

私は宇部さんのあとに続くようにふたたび部屋へ戻ると、大きなベッドに腰を下ろした。その間、宇部さんは一人がけのソファーに座ってテレビを点《つ》けてザッピングをしていたのだが、チャンネルを変えるたびに女性のあえぎ声が聞こえてきてそのたびにビクッとしてしまった。

「宇部さん、あの、それは」

「アダルトチャンネル」

平然としている宇部さんに面食らう。

「あの……なんでそんなに普通でいられるんですか？　宇部さん絶対こういうとこ来た経験ありますね……」

思わず口を突いて出た疑問に、宇部さんが苦笑いする。

「いや、だってこういうところだし。それに俺が照れてたらお前も困るだろうが。ちなみに俺が来たのはずっと昔。しかも野郎とツーリングに行ったとき、雨にやられて仕方なく入ったことがあるだけ。最近のこういったホテルに関してはネットで見聞きした程度には知ってたけどな」

「そうでしたか……」

「で、こういう場所に来たってことは、お前、俺とそういうことがしたいのか」

私達の間に数秒の静寂が流れる。

宇部さんからのド直球に照れて、顔が熱い。いたたまれなくて、ベッドに腰を下ろしたまま思わず片手で自分の体を抱きしめた。

正直に話したら宇部さんはどう思うだろう。でも、これが最後のチャンスになるのなら……賭けたい。

今の私には、それしかなかった。

「し……したい……です」

「本気か」

「本気に決まってます。冗談でこんなこと言えません。私、処女ですし」

勢いのあまり本当のことを口走ってしまったら、私と宇部さんの間にまた無言の時間が流れた。

そしてこっちを見た宇部さんの顔は、なぜか強《こわ》ばっていた。

「……今、なんて言った？」

「しょ……処女ですし。って言いました……」

こんなこと言うべきじゃなかったのかな。

途端に不安が押し寄せる中、宇部さんが口元に手を当て項垂《うなだ》れる。

「マジかよ」

「はい……だから、こういう場所に縁がなくて……」

再び宇部さんが無言になった。今度はさっきよりだいぶ長くて、一分はあっただろうか。

——どうしよう……

本気で不安になりチラチラ宇部さんに視線を送っていると、ついにずっと考え込んでいた宇部さんが口を開く。

「初めてが俺で、本当にいいのか」

「はい」

迷わず、即答した。

「私、初めては宇部さんがいいです。宇部さんじゃなきゃ……ダメなんです」

チラリとこっちを見た宇部さんの目を見つめ、はっきり言う。

あなたがいい。あなたじゃなければ、こんな気持ちにはならないから。

そんな気持ちを込めて彼を窺《うかが》っていると、なにを思ったのか宇部さんがソファーから立ち上がり、私に近づいてきた。

「後悔しないな?」

「す、するわけないです……」

「わかった。じゃあ、今からお前を抱く」

宇部さんが両手をベッドに突き体を支える体勢で、私に顔を近づけてきた。

「え？　今、なん……」

返事を返す間もなく、気づいたら唇を塞《ふさ》がれていた。

「……んっ……!?」

目を開いたまま硬直した私の後頭部と腰に、宇部さんの手が添えられる。

「こういうとき目は閉じるもんだろ」

一旦唇を離した宇部さんに囁《ささや》かれ、慌てて目を閉じる。その瞬間私の口腔《こうこう》に宇部さんの舌が滑り込んできて、また驚いてビクッとしてしまった。

――し、舌が……!!

肉厚な舌が私の口腔を舐《な》めつくし、奥に引っ込んでいた舌を誘い出す。それ応えるようにおずおず舌を差し出すと、あっという間に絡め取られてしまう。

ぴちゃ、くちゅ……

私の舌と宇部さんの舌でこんなに艶《なま》めかしい音を立てているなんて、まだ信じられない。

「ふ……っ」

すぐ側にある宇部さんのシャツを掴む手が、困惑と不安で震える。

――キスってこんな行為だったの？

私が知るキスというものは、可愛らしくチュッと音を立てて恋人同士が唇を重ねること。だけどこれは違う。艶めかしくて、エロティックで、激しく興奮を煽《あお》る行為だ。

胸のドキドキはさらに大きくなり、心臓が皮膚《ひふ》を突き破って出てきてしまいそう。まだキスの段階でこんなことになるなんて思いもしなかった。

宇部さんの唇と舌の動きに必死でついて行くのがやっと。呼吸さえままならなくて、途中思わず酸素を求めて顔を横に背けてしまったくらい苦しい。でも、宇部さんはそれすら許してくれなかった。

逃げるとすぐに彼の唇が追いかけてきて、私の唇を塞ぐ。塞いでは、また舌を差し込まれて口の中を蹂躙《じゅうりん》する。それを繰り返されるうちに、私の思考が奪われていく。

「っ……、ま、待って……くださ……」

必死に懇願すると、宇部さんがようやく唇を離してくれた。でもその上気している顔は今まで見たこともないくらい艶っぽくて、私は言葉を失う。

「これくらいで音を上げてどうするんだ。まだこれからだぞ」

そう言って口元に笑みを浮かべる宇部さんが、なんだか違う男性に見える。かといって彼の事が怖いわけじゃない。そうではなくて……こんなに色気のある男性だったのかと改めて思い知ったような……

とにかく今、私は人生で初と言っていいほど、目の前にいる男性に欲情している。それは間違いない。

「どうする？　今ならまだ引き返せるぞ」

黙っている私に宇部さんが声をかけてくる。でも、気持ちはもう変わらない。

私は首を横に振ってから、宇部さんの首に腕を回した。

「いやです。やめません。こ……このまま抱いてくださいっ……」

「……ほんと、お前は……」

珍しく困ったような宇部さんの声がした。だけど、今はそれに反応するだけの余裕がない。

彼は首にしがみついている私の背に手を添え、そのままベッドにゆっくりと寝かせる。

ドキドキしながら宇部さんの次の行動を待っていると、いきなり服の裾を掴まれ、キャミソールと一緒に胸の上までたくし上げられてしまう。

「あ、あの……あまり、見ないでくださ……」

「却下」

そんな、と言う間もなく、宇部さんが私の背に手を回しブラのホックを早業で外した。胸元が楽になったと感じたのとブラジャーを外されたのは、ほぼ同時だった。

——あ……

決して大きいとは言えない私の胸が、ふるりと宇部さんの眼前にまろび出た。乳房に素早く宇部さんの手が触れる。その手は外側から包むように乳房を掴むと、感触を確かめるように二、三度指の腹で揉《も》みしだく。

男性に乳房を揉まれるという人生初の出来事に、どうリアクションをしたらいいのか悩んだ。

しかし、リアクションに困るくらい私に余裕があったのはここまで。ここから先は、リアクションを取るとか、それどころではなかった。

それは、乳房を揉んでいた宇部さんが胸に顔を近づけ、胸の先をペロリと舐めたことが発端だった。

「あっ……！」

乳首を舐められた瞬間、ピリリとした快感が胸先から全身を駆け巡り、意図せず私の口から嬌声《きょうせい》が漏れた。

まさか自分の口からこんな声が出るとは思わず、驚いた私は慌てて口を手で押さえた。

しかし、宇部さんはそんな私の反応を見逃さなかった。

「……なに、気持ちよかった？」

胸元から視線を寄越す宇部さんの口元には笑みが浮かんでいる。

「そ、それは……」

素直になれない私を他所に、宇部さんが再び胸先に舌を這《は》わせる。

「気持ちいいんだろ。だってここ、こんなに固くなってる」

宇部さんは舌先でツンツンとそこを突いたり、舐め転がしたりを繰り返す。

彼の指摘通り、私の胸の先は無意識のうちに固く尖《とが》り、まるで宇部さんにここを舐めてくれと言わんばかりに自己主張していた。そのことが恥ずかしくて、宇部さんを直視できない。

「……そんなこと言われても……」

「初めてじゃわからないか。だけどお前の体はちゃんと反応してる。わかるだろ？」

確かにいつもの私とは明らかになにかが違う。

宇部さんに触れられて熱を持つ体は、自分で意識しなくても勝手に宇部さんを受け入れる準備を整えている。それがわかるからこそ、尚更《なおさら》恥ずかしい。

「う、宇部さん……私……なんか変です……」

「いいことだ」

そう短く言うと、宇部さんが胸の先端を口に含み、ジュルジュルと音を立て吸い始めた。

「あっ……ああっ……」

舐められるのとはまた違う感覚。口に含まれているせいで、口腔で何が起きているのかがわからないが、とにかく隙など与えられないくらいずっと刺激を送られている。

しかももう片方の乳房も揉まれ、時折思い出したように乳首をキュッと摘まれると、それだけで腰に電流みたいな刺激が走り、体が弓なりに反《そ》ってしまう。

胸への刺激だけで体が火照《ほて》ってしまい、与えられる快感にじっとしていることができなかった。

——こういうときどうしたらいいの……⁉　なんかもう……逃げ場が……

「ん、はあっ……」

精々顔の横にあるシーツを掴むことくらいしかできず、ぎゅっと握っては体を捩《よじ》らせ快感に悶《もだ》えた。

体を左右に捩らせていると、ようやく宇部さんが胸元から顔を上げた。彼は私の腰を掴むと、今度はスカートのホックに手をかけた。

「申し訳ないが、こっちも脱がせるぞ」

「あ……」

彼の声に反応して私が上体を起こそうとすると、それを待つことなく一気にスカートを脱がされ、下半身を覆っているのはショーツのみになった。

素肌が外気に晒《さら》され、尚且《なおか》つ自分の体を好きな人に見られているというこの状況に、羞恥も頂点に達しもはや泣きそうである。

「う、べさんっ……早っ……それに私ばっかり、ずるい……っ」

思わず本音を漏らして宇部さんを軽く睨《にら》むと、宇部さんはわかっていたかのように苦笑した。

「わかってる。俺も脱ぐからちょっと待ってろ」

長い脚で私の体を跨《また》いだ宇部さんが、まずシャツのボタンを胸の下まで外すと一気に頭から引き抜いた。

その下に着ていた白いシャツも脱ぎ、宇部さんの上半身が露《あら》わになる。

宇部さんはとくにスポーツをやっていたとか、そういう話は聞かない。しかし、ずっとデスクワークをしていると体がなまるので、会社の近くにあるスポーツジムに通っていると以前聞いたことがある。

それを証明するように、彼の体は思っていた以上に筋肉がつき、均整が取れていて美しかった。

会社で服を脱がれると目の遣り場《やりば》に困るが、今はそうじゃない。むしろこんな機会もうないかもしれないと、必死で瞼《まぶた》に焼き付けようとしてしまった。

「なんだ。そんなに男の裸が珍しいか」

クスクス笑いながら覆《おお》い被《かぶ》さってきた宇部さんに、ハッと我に返る。

「珍しい……かもしれません……だって、宇部さんの体を見ることなんかないですし……」

「そうか。でも、俺からすればお前の体のほうがよっぽど興味あるけどな」

私の首筋に吸い付きながら話すので、吐息が首にかかってくすぐったい。

「そんなこと……今まで興味ある素振りなんか一度も……」

「当たり前だろ。会社で部下の体に興味持ったらセクハラだ」

ごもっともです、と言おうとしたら、不意に顔を近づけられ唇を塞がれる。今度のキスはすぐに深くなり、私の口ごと食べられているようだった。

「んっ……！」

宇部さんてこんな雄っぽいキスをするのかと、新しい発見に胸が躍《おど》った。いつもデスクで難しい顔をしてキーボードを叩いている彼に、こんな一面があったなんて。

酸素を求め口を開くと、また宇部さんの唇が追ってきては塞がれる。それを数回繰り返していると、私の下腹部に彼の手が触れたのがわかった。

「……んっ……？」

たった一枚身につけたショーツの中に、するっと宇部さんの手が入る。その長い指で繁《しげ》みの奥をつつーとなぞられ、腰が浮きそうなほど驚いた。

驚きすぎて、宇部さんの二の腕を力一杯掴んでしまったくらい。

「ひゃっ‼　あっ、あの……」

「いや……触《さわ》らないとできないだろ」

私がこういうリアクションをすることを読んでいたのか。宇部さんは特に動じる様子もなく、私の股間を指でなぞり続けている。そのタッチは壊れ物を扱うようにゆっくりだ。

「そうですけど……でも、あ、あの……」

「不安なのはわかってる。大丈夫、優しくするから」

大好きな宇部さんに「優しくする」なんて言われてキュンとしないわけがない。

「は……い」

私はドキドキしながら、彼の指に神経を集中させる。

繁みの奥にある蜜壺《つぼ》に指が差し込まれたとき、その感覚にひゅっと喉が鳴った。

──ゆ、指がっ……

「もうこんなになってる。すご……」

こんなにって、なにが……と不思議に思う。そんな私を置き去りに、宇部さんが蜜壺に差し込んだ指を出したり抜いたりを繰り返す。たまに奥の方へグッと差し込んで膣壁を擦られると、お腹の奥の方がむずがゆいような、なんとも不思議な感覚にとらわれた。

──宇部さんが私のナカに触れている……

気持ちいいとかどうとか、そういうのはまだよくわからない。でも、好きな人の一部が自分の体の中にいるというのは、グッとくるものがあった。

「宇部さん」

「……なんだ」

「私……なんかもう、胸がいっぱいで……苦しいです」

正直に今の気持ちを白状すると、なぜか宇部さんが眉をひそめる。

「……なんで今、胸がいっぱいなんだ？」

「え、だって……宇部さんとこんなことしてるなんて、信じられなくて……」

「なにを言って……まだまだこれからだっていうのに」

吐き捨てるようにこう言うと、なぜか宇部さんが体を後方にずらした。彼の行動の意味がわからずポカンとしていると、いきなりショーツを下げられ、太ももを開かされた。

「きゃあっ⁉　う、宇部さんなにを……」

「気持ち良くしてやるから、お前は黙って感じてろ」

慌てて脚を閉じようとしたら、先に宇部さんが体を割り込ませてしまう。そしてあろうことか、彼は私の股間に顔を埋め、繁みの奥に舌を差し込んだ。その舌が襞《ひだ》の奥にある小さな蕾《つぼみ》をツンと突いた瞬間、私の体に電流のような刺激が走った。

「きゃあああっ‼」

思わず太ももを閉じようとしてしまい、宇部さんの体にガツンと当たる。しかし宇部さんはそれに動じることなく、顔を埋めたままだ。

すると今度は舌全体を使ってべろりと蕾を舐めた。舌のざらざらした感触が余計快感を生み、私は何度もビクビクと体を震わせてしまう。

「あ、あああ……っ‼　や、やめて、くださ……っ‼」

——自分でもほぼほぼ触ったことがないような場所を、あろうことか宇部さんが舐めて……‼

その事実に、多分立っていたら卒倒していたと思う。

恥ずかしくて居たたまれなくて。でも、気持ち良くて抗《あらが》えない。

「……お前のここ、綺麗だな」

わざわざ指で襞を広げられ、恥ずかしい場所をじっくりと見られている。しかも舐められている。

もう、今だったら恥ずかしさで死ねると思った。

「やだ、宇部さん！　そんなとこ見ないでくださいっ……」

両手で顔を覆い、イヤイヤと首を横に振る。

「お前知ってるか。イヤだって言われると、男は逆に燃えるものなんだよ」

「そんな……ああっ！　ま、まってえ……‼」

宇部さんが舌で襞の奥にある突起を突き、嬲《なぶ》る。それを何度となくされているうちに、私の中にこれまで経験がない感覚が生まれ、お腹の奥の方からせり上がってくる。

その正体不明のものがなんなのか、わからなくて怖かった。

——なんか来る。怖い……‼

「う、宇部さんっ……私、なんか変で……」

「変じゃないから、安心しろ」

「……っ、は……」

宇部さんに変じゃないと言われ、不思議と安心する。でも、この感覚が落ち着いたわけじゃない。いやむしろさらにそれは大きさを増し、私に襲いかかってくる。

そんなとき、宇部さんがずっと舌で嬲っていたその突起を、ひときわ強く吸い上げた。高まりつつあった快感が、これにより見事に大きく膨《ふく》らみ――爆《は》ぜた。

「や、やっぱりだめッ……あ、あああ――ッ」

お腹の奥がきゅうっと収縮《しゅうしゅく》し、つま先がピンと伸びる。今の今まで考えていた恥ずかしいとか、照れとか、そういうものが一瞬にしてどうでもよくなった。

気がついたら、私はベッドに体重を預けるように脱力していた。

「イケたか」

私の股間から顔を上げた宇部さんが、濡《ぬ》れた口元を親指で拭《ぬぐ》う。その仕草がいちいちエロい。

「い、イッたんですか、私……」

「そう。初回でイケるなんて、お前すごいな」

「そ、そういうものなんでしょうか……」

すごいとかどうとか、はっきり言ってよくわからない。

まだどこかふわふわした気持ちのまま体を起こそうとする。が、いきなり宇部さんがベルトを外しスラックスを脱ぎ始めたので、そこから目が離せなくなってしまう。

——わ……う、宇部さんが、脱いでいる……

全部脱ぐのかなとドキドキしていたのに、なぜか宇部さんはボクサーショーツ姿で私の元に戻ってきた。

「……宇部さん、全部脱がないのですか」

何気なく尋ねると、宇部さんの目が少し泳いだ。

「初心者にはキツいかなと思って」

真顔でこう言うと、宇部さんは枕元に置いてあった避妊具に手を伸ばした。

私のことを気遣ってくれるのは嬉しい。でも、やっぱり今は彼のすべてを知りたい。そう思うのはおかしいだろうか。

「キツい……なんて思いません。私、宇部さんのことならなんでも知りたいし、見たいです」

「……じゃあ、見てみるか？」

「はい」

きっぱり返事をして頷いたら、苦笑いされた。

「そんなに見たいのかよ」

「あ、いえ、そういうわけではないのですが……」

「いいよ、見ても」

宇部さんが口元に笑みを浮かべたまま、ボクサーショーツを脱いだ。覆っていた布がなくなった途端現れたそれに、私は息を呑《の》んだ。

——…………す、ごい……

男兄弟がいるので、子供の頃からそういったものを何度となく見たことはある。だけど、今私の目の前にあるものは、太さも長さも見たことがないほど立派だった。猛々《たけだけ》しく反り返り、もはや下腹部にくっついてしまいそうだ。

ずっとそこから目を離さずにいると、宇部さんがため息をついたことに気がつく。

「碇……見過ぎ」

「あ、す、すみません……つい……あの、こういうときって私、それを触ったりしたほうがいいのでしょうか……」

「触りたければ、どうぞ」

ほら。と宇部さんが両手をだらりとさせる。

かろうじて胸の上に引っかかっていた服やブラジャー、脚に引っかかっていたショーツを脱ぎ捨て全裸になった私は、四《よ》つん這《ば》いで宇部さんに近づき、股間にある剛直に手を伸ばした。

私の手が触れると、宇部さんのそれが小さく震えた。

——固い……こんなに固くなるんだ……

浮き出た血管を指でなぞったり、上下に優しく扱《しご》いてみたりしていると、宇部さんの口から熱い吐息が漏れはじめたことに気がつく。

ちらっと彼を窺うと、眉根を寄せ、目を閉じている。

——これは……気持ちがいい、ということだろうか。

しばらく手を動かしていると、先端から透明な液体のようなものが出てきた。それを指に纏わせるように先端を撫でていると、いきなり肩を掴まれ、ぐいっと後方に押し倒された。

「きゃっ！」

なに⁉　と驚いていると、なぜか苦しげな顔をした宇部さんにがっしりと腰を掴まれる。

「悪い。もう限界。……挿《い》れるぞ」

挿れる、という言葉にドキッとして、つい体が固まる。そんな私をちらっと見てから、彼はさっき用意しておいた避妊具を取り出し、屹立《きつりつ》に手際よく被せていく。

ついにそのときがくる。私は緊張しながら、宇部さんの行動を目で追った。

蜜壺の入り口に屹立が宛《あて》がわれると、ゆっくり私のナカに沈められる。

「あ……」

——宇部さんが、私のナカに……っ‼

「キツ……」

宇部さんの顔が苦痛に歪む。

「あの……だ、大丈夫ですか、私……」

「ああ、いや……俺はいいんだ。お前こそ大丈夫なのか。痛くないか」

「痛いといえば、ちょっと痛いです……」

「つーかまだこれ、全部入ってないからな。まだ半分ってところ」

それを聞いて、私の体に衝撃が走る。

「……半分⁉　じゃあ……」

「そう。おそらく、痛いのはここからだと思う。痛かったら俺の腕強く掴んでも、肩に噛みついてもなにしてもいいから」

「そんな……あうっ……‼」

宇部さんが少し進んだだけで、さっきまで感じなかった痛みが走り、思わず目をぎゅっと瞑《つぶ》った。

――嘘、さっきとは比べものにならないほど、痛い……っ‼

「ほら、痛いだろ。止めるなら言えよ。今ならまだ……」

引き返せる。宇部さんはそう言おうとしたのだろう。

だけど、私は止めてほしくない。痛くてもなんでもいいから、宇部さんと繋《つな》がりたい、一つになりたい。

それしか考えなかった。

だから気がついたときには、宇部さんの目を見つめ、ふるふると首を横に振っていた。

「いやです！　止めないでくださいっ……私、宇部さんと一つになりたいんです……！」

「……碇……いや……世里奈」

宇部さんが真顔で私の名を呼んだ。よくよく考えてみれば、名前を呼ばれたのはこれが初めてだった。

「え……今、名前……」

そのことを聞こうとしたら、いきなり宇部さんが倒れ込んできて、私に深い口づけをした。

「んっ……！」

すぐに舌を絡ませ合うと、頭の中に唾液の水音が響く。しかも片方の乳房を激しく揉まれ、キュッと頂《いただき》を摘まれると、甘い痺《しび》れに体が勝手に疼《うず》いてしまう。

キスと、胸への刺激。なおかつ挿入で与えられる痛みと、宇部さんと繋がっているという幸福感。この四つが同時に襲ってきて、私の思考はパンクしそうになる。

――なにこれ……こんなの無理っ……なにも考えられない……っ。

「ん、ん、あっ……宇、部さ……ん、好きっ、好き……‼」

「……世里奈……っ」

少しずつ奥へと屹立を進ませる宇部さんも、私以上に苦しそうだった。

そんなに苦しいのなら、いっそのことひと思いに突いてください……と言わずにいられなかった。

「お願い……奥に、いれて……」

唇を離し、思いの丈をぶつけ、彼の首にしがみついた。

「ああ、もう……くそっ……」

ヤケクソ気味に呟いたのが聞こえた後、彼が一旦浅いところまで屹立を戻した。しかしその後、彼はためらいなく一気に私の奥を貫《つらぬ》いた。

「あっ――――……‼」

――痛っ……‼

あまりの痛さに声を上げた私は、その後浅い呼吸を繰り返して、なんとか痛みを逃がそうとする。

「世里奈、平気か」

本当は平気じゃない。だけど、宇部さんに心配はかけたくない。

「……っ、へいき、です……」

はあはあと肩で息をしながら、彼の目を見つめた。

「よく頑張ったな」

宇部さんは優しくこう囁《ささや》くと、私の頬を撫でながら微笑んだ。その顔を見た瞬間、私の体から少しだけ力が抜けた。

――宇部さんと一つになれて、私……嬉しい……

涙が出そうなほど嬉しい。そんな幸福感に包まれていると、宇部さんがまたキスをしてくれた。

その唇の感触をしっかり味わっていると、宇部さんが再び腰を動かし始めた。

「……んっ、あ……、あ……！」

「ごめんな、もう少し……」

そう呟く宇部さんの顔は、仕事をしているときの顔と全く違う。これは……男の顔だ。

額に光る汗と、苦しそうな表情は見たことがないくらい艶っぽい。この人にこんな顔をさせているのが自

分だなんて、こうしている今もまだ信じられなかった。

今のこの瞬間、私はただただ幸せだった。

「……っ、やべ……、イきそ……」

苦しそうな宇部さんの声が聞こえた。と思ったら、いきなり抽送の速度が上がった。

「あっ……、や、あ……だめ、私……」

ここまでなんとか堪えていたが、短いスパンで突き上げられ、だんだん思考がぼやけていく。

──私……もう、ダメ……

「世里奈……」

宇部さんが私の名前を呼んでくれたのはわかった。でも、このあと私は意識が飛んでしまったらしく、ぷっつりと記憶が途絶えてしまったのだった。


気がついたら、ベッドに布団を掛けて寝かされていた。

──……あれ……？

やけにキラキラした天井に違和感を感じ、ここがラブホテルであることを思い出す。

──そうだ、私、宇部さんと……

彼の姿を探しながら体を起こす。このとき気がついたのだが、全裸だったはずの私の体にはホテルの薄いガウンが着せられている。自分で着た覚えがないので、これは宇部さんが着せてくれたのだろうか。

その宇部さんはここへ来たときと同じ服装で、ソファーに座りテレビを観《み》ていた。もうすっかりいつも通りな彼に心なしか寂しさが湧いてしまった。

「あの、宇部さん……」

おずおずと声を掛けると、私に気付いた宇部さんがこちらを見る。

「起きたか」

「はい。あの、私、どうなったのでしょう……最後までの記憶がなくて」

観ていたテレビの音量を下げながら、宇部さんが「やっぱりか」と呟く。

「最後までしたよ。でも、その直後お前意識飛んだみたいで寝てたから、体拭いてやってガウン着せて寝かせておいた」

「は？　宇部さんが私の体を……拭いた⁉」

驚きで目を丸くしていると、宇部さんは平然と「他に誰がいるんだよ」とぼやく。

「そ、そうですか……ありがとうございました……」

——寝ている間にそんなことまでしてもらったなんて……恥ずかしい……

がっくり項垂れていると、宇部さんがこっちに歩み寄り、ベッドに腰を下ろした。

「体は大丈夫か」

「え……体、ですか。ちょっと……腰がだるいというかなんというか……」

「そうか……辛かったらこのまま泊まっていってもいいぞ。ゆっくり休んだ方が……」

泊まりと言われて思わず「えっ⁉」と声を上げてしまう。

「いえ、大丈夫です。それより、ここは落ち着かないのでどっちかと言えば早く出たいです……」

こう言っても、宇部さんの表情はまだ訝《いぶか》しげだ。

「無理するなよ。今度は俺が運転するからな」

それは、私が車を運転したばかりにこういう事態に陥《おちい》っているから……かな。

そう考えると、チクッと胸が痛んだ。

「はい……すみません、お手数をお掛けして」

私が丁寧に頭を下げると、宇部さんはなんとも複雑そうな顔をする。それは呆れているのか、困っているのか……長い付き合いだけど、いまいち真意が読めない。

「それよりバスルーム使うなら使え。俺はもう使ったから」

「あ、はい。軽くシャワーを浴びたいので……行ってきます」

私は反射的にベッドを出ると、ソファーに畳まれていた服一式を胸に抱えバスルームに駆け込んだ。

そしてシャワーを浴びながら、さっきまでの行為を反芻《はんすう》し悶絶《もんぜつ》しまくったのだった。

第四章　これですっぱり忘れられ……ない？

宇部さんと体の関係を持ってしまった翌々日の日曜日。

会社がある朝よりも早く起きた私は、久しぶりにマイカーに乗り込み、まだ車が少ない高速道路を北に進んで約一時間ほどの場所にあるサーキットに来ていた。

この前宇部さんが言っていたとおり、国内A級ライセンスを所持するくらい車の運転が好きな私。だからたまに所属するサークルの走行会があるという連絡をもらうと、こうしてサーキットに赴《おもむ》きマイカーでサーキットを走るのである。

サーキットを走らせるようなマイカー、と言ってもそんなものすごい車ではなく、六速MTのスポーツタイプ、排気量二リッターの普通乗用車だ。それにサーキットを走るといっても今日はレースではなく、所属している地元のモータースポーツクラブが参加しているサーキット走行会というもの。

走行会によっては順位を競ったり、タイムアタックをしたりする場合もあるが、今回私が参加するのはただサーキットをマイカーで走ることだけが目的の催しなのである。

——アパートの部屋でじっとしてても落ち着かないし、こんな時は車を走らせてストレス解消するのが一番よね。

そういうわけでだいぶ張り切っていた結果、高速道路が空いていたお陰もあり予定よりだいぶ早くサーキットに到着してしまった。

――しまった。張り切りすぎた。まだ誰も来ていない……

集合時間まではあと一時間以上ある。仕方がないので車を降り、時間になるまで近くを散歩することにした。

サーキット自体は市街地から離れており、周囲は森林に囲まれているので買い物をしたり、お茶をするような場所はない。その代わり緑の中を散策する遊歩道が整備されているので、日頃の疲れを癒《い》やすための森林浴を兼ねて、ここへ来たときはよく散歩をする。

――は～、気持ちいいな……

鳥のさえずりと、木々の葉が揺れる音に耳を澄ませながら遊歩道を一周する。こうしていると、疲れ切った心がリセットされたようにすがすがしい気持ちになれるのだ。

空気も美味しいし、緑も多い。こういうところに来ると、実家がある地方を思い出し、懐かしい気持ちになる。

――……やっぱり、実家……帰ろうかなあ……

遊歩道の途中で立ち止まり、ぼーっと緑を眺めていると、ポーチに入れてあるスマホが震えた。素早くそれをチェックすると、従兄弟からだった。たった今サーキットの駐車場に到着したらしい。

久しぶりに従兄弟に会えると思ったら気持ちが弾み、つい小走りになる。

連絡をもらった私が遊歩道を出て彼の車が停まっている駐車場へ行くと、私に気がついた従兄弟が車の窓を開け、手を振ってくる。

「世里奈〜‼　久しぶりだな」

レーシングスーツを身につけ爽やかに微笑む若い男性の名は河瀬悠介《かわせゆうすけ》。私の父の兄の子だ。ちなみに名字が違うのは、うちの父が母の家に入った婿養子だからだ。

私より三つ年上の三十一歳である悠介は、国産自動車メーカーのディーラーに勤務する整備士だ。何を隠そう、私の車をカスタムしたりクラブを紹介してくれたのは、自動車整備士をしているこの悠兄なのだ。

「悠兄、久しぶり。元気だった？」

「おー、元気元気。世里奈も元気そうでよかったよ。ちょうど最近叔母さんから世里奈がもしかしたらこっちに帰って来るかも、なんていう話を聞いたんで、ちょっと心配してたんだよね。なんかあったの？」

いきなりそれか。しかも母ったら、もう悠兄に話したのか……

誤魔化したいけど、心配そうな顔で私の返事を待っている悠兄には、なんとなく嘘をつきたくなかった。

「う〜ん、まあ、ちょっとね。先のことも考えてそういう選択肢もありかなって思ってて……」

誤解を生まないよう言葉を選びながら話すと、悠兄はわかるわかる。とすぐに納得してくれた。

「うちと違って世里奈んとこはいつも忙しそうだもんな。兄弟二人も家出てお堅い仕事に就いてるし」

「でもまだ具体的にいつ帰るとかは決めてないの。だから、できればまだみんなに話さないでもらえると助かるんだけど」

「おー、わかってるわかってる。世里奈、ＩＴ企業の秘書やってるんだもんな、もう六年になるか？　長く勤めれば勤めるほど、そんな簡単に辞められないだろうし」

「うん……まあ……そうだね」

「だから今日ここに来たんだろ？　憂さ晴らしで」

悠兄が私を見て、まるで「俺はわかってるぜ」という顔をする。でもあながち間違いでもない。

「そうね。だから今日は朝から張り切って……」

私が両手をグーにして意気込んでいると、肩から提げていたポーチから着信音が鳴り響く。日曜日などほとんど電話なんかかかってこないのに、珍しいこともあるもんだ。

「ちょっとごめん。悠兄、先に行ってて」

「おう、じゃああとでな」

一旦悠兄と別れ、ポーチの中で未だ鳴り響いているスマホを確認する。なんと、発信者は宇部さんだ。

――ええ？　宇部さん⁉

まさかの相手に応答することも忘れ、その場に立ち尽くす。

彼の秘書として長く働いているが、勤務時間外である日曜に電話がかかってきたことは、これまでほとんどない。だから余計に、宇部さんが電話をかけてきたことに驚いてしまった。

一体どうしたんだろう。もしかしたら突発的ななにかが発生した、とかだろうか。

「と……とりあえず出なきゃ」

いろいろ考えるのは後回しにして、慌てて通話をタップし、スマホを耳に当てる。

「お待たせいたしました。碇です」

『お前、今どこにいるんだ』

出てほんの数秒で、いつにも増して不機嫌そうな宇部さんの声が聞こえてきた。

——なんか、機嫌悪い？

「遠出してまして、今は隣県におります」

『なんだ、買い物か？』

「いえ、サーキットに」

首を傾げつつ正直に今いる場所を告げると、宇部さんが『サーキット⁉』と驚いたような声を上げた。

『お前……なんでそんなところに‼　レースに参加してるとかじゃないだろうな⁉』

「いえ、今日はレースではなく、走行会です。ただサーキットを走るだけなので……」

宇部さんのご機嫌があまりよろしくなさそうだったので、これ以上刺激しないよう言葉を選んだ。

しかし、なんでこんなに不機嫌そうなんだろう？

首を傾げて考えていると、スマホから宇部さんの安堵《あんど》したような声が聞こえてきた。

『走行会……それならまだいいか……。それより、今夜夕食でも一緒にどうかと思ったんだが、お前夜までに戻ってこられるのか？』

なんと。まさかの食事のお誘いだった。

——嘘。普通に嬉しいんだけど。

宇部さんに誘われて、私に断るという選択肢はもちろんない。

「はい。午後にはこっちを出る予定なので……」

『わかった。戻ったら連絡くれ』

プツ。と通話が切れ、私は必死で今の会話を頭の中で整理する。

日曜に電話が来ることも初めてで驚いたのに、まさか食事に誘ってくれるなんて。一体どういう心境の変化なのだろうか。

ぽーっとしていた私だが、駐車場に続々と車が入ってくるのを見てハッとする。

すごく気になる。気になるけど、まずはせっかくここまで来たのだ、サーキットに行かなければ。

——とりあえず車走らせて、スッキリしてこよっと。

私はスマホをポーチにしまい、停めてあるマイカーの元に走ったのだった。


——超気持ちよかった……


マイカーでサーキットを爆走した（そんなに速度は出していない。あくまでイメージ）お陰で気分もすっきりした。

悠兄に別れを告げた私は、予定より早めにサーキット場を出て高速道路を駆け抜け、夕方には自宅近くの駐車場に到着した。マイカーを停め車の中で電話をかけると、すぐに宇部さんが出てくれた。

「お疲れ様です、碇です。今、戻ってきました」

『わかった。じゃあ、三十分後にお前のアパートまで迎えに行くから用意しとけ。じゃな』

「え、三十分後、ですか……あ。切れてる……」

スマホをバッグに入れ、車から出た私は、早歩きでアパートに向かう。

――三十分て早いな。シャワー浴びる時間あるかな。

なんせヘルメットをかぶり、レーシングスーツを着ていたせいでかなり汗を掻《か》いた。宇部さんに汗臭いと思われるのはいやなので、さっさとシャワーを浴びてスッキリしなければ。

もう宇部さんと二人でどこかに行くことなどない。そう思い込んでいたので、単純に誘ってくれたことが嬉しい。またこういった機会を、間を置かずに得られるなんて思わなかった。

でも、さすがにあの夜みたいなことはもうないだろうけれど。

なんて思っていたら、よせばいいのにまたあの夜のことを思い出し、赤面してしまう。


あの夜……シャワーを浴び終えた私が部屋に戻ると、待っていた宇部さんが部屋に備え付いている自動精算機で会計をし、客室を出た。

ラブホテルが気になっていたとか言ったくせに、宇部さんと一緒にいるという事実だけでいっぱいいっぱいで、ろくに部屋の中を見ないまま出ることになってしまった。

――もう二度と来ることはないかもしれないのに……もっと色々見ておけばよかった……

そのことを少しだけ後悔しながら駐車場まで来ると、宣言通り宇部さんが運転席の方へ回り込んだ。

『あの、宇部さん。私、自分のアパートまでなら余裕で運転……』

『ダメ』

私の話をぶった切った宇部さんにピシャリと窘《たしな》められた。

『お前は大人しく助手席に乗っとけ。それか後部座席で寝ててくれてもいい』

『そ、そんな……』

大げさですと反論しようとしたら、運転席のドアを開けたまま神妙な顔をしている宇部さんと目が合い、ドキッとする。

『碇……頼むから。今は大人しく言うことを聞いてくれ』

こんな顔をする宇部さんは珍しい。だからというわけではないが、逆らうことはできなかった。

『……はい、わかりました……』

でもさすがに後部座席で休むことはできないので、助手席に乗せてもらう。私より全然スムーズなハンドルさばきで駐車スペースからバックで車を出すと、そのままホテルを後にした。

光り輝くネオンがだんだん遠くなっていくのを、私はサイドミラー越しに眺めていた。

――幸せだったな……幸せなときって、なんであっという間に終わっちゃうのかな。

しんみりしながら運転席の宇部さんをちらりと窺う。

涼しい顔で車を走らせている宇部さんの横顔は、美しい。シフトレバーに置かれた手なんか、ちょっと力を入れて握っただけで浮き出た骨と血管がセクシーすぎて、そこから目が離せなくなるくらい好きだ。

——だから、私が運転したかったのに……見るとまた惚《ほ》れそうになるし。

それに、心なしかセックスをしてしまったら、余計宇部さんのことが好きになってしまったように感じる。

忘れるためにせめて一度、とお願いしたのに、これでは逆効果ではないか。

——まずいな……諦めるはずが、どっぷり宇部さんにハマりかけてるじゃない？　私。

する前はただ体を繋げるだけの行為だと思っていたし、後生大事に守り続けてきた処女を宇部さんに捧《ささ》げられるなら、是が非でもお願いしたいとすがった。だけどセックスという行為は、そんな簡単なものではなかった。

普段見ることのない宇部さんの表情や息づかいを、体中が覚えている。触れられた場所はどこも熱くて、貫かれたところも未だに宇部さんの感触がしっかり残っていて、まるでまだ中にいるような感覚すらある。

こんなの、忘れろって言う方が無理だ。

私はハア……とため息をついて窓の外を眺める。

いつもみたいにもっと気軽な会話ができればいいのに、話のネタが降りてこない。しかも宇部さんはずっと黙り込んだままだし、もうどうしたらいいのか……

『あのさ』

困惑していると、先に口を開いたのは宇部さんだった。

『は、はい』

『明日とか、明後日とか。楠木や多田に仕事頼まれたりとかしてないよな？』

『……はい、なにも言われてません』

こう返すと、宇部さんがホッとしたように小さく息を吐き出した。

『そうか。それならいい。ゆっくり休めよ』

『はい……』

それって、もしかして私の体のことを心配しているのだろうか。

『宇部さん、今日……優しいですね』

思わず本音が口から漏れる。それを聞き逃さなかった宇部さんが、運転席でぼやく。

『あのなあ……さっきまで自分がなにしてたか忘れたわけじゃないだろうな』

『も、もちろんです、忘れてなんかいません……』

ずっと好きだった人と結ばれた最高の時間だった。忘れろと言われたって忘れるものか。

私が即答すると、宇部さんがちらっとこっちを見てから、ふうっと息を吐いた。

『俺だってさすがに、ああいうことの後は気を遣うさ』

宇部さんの顔を見たまま言葉を失っていると、またちらっと視線を送られる。

『お前の大事な処女をもらったんだ。それくらいさせろ』

大事な処女をもらった……

その言葉を言われただけで、私の胸にじわじわと悦《よろこ》びがこみ上げてくる。

――やっぱり、宇部さんに初めてを捧げたのは間違っていなかった……

幸せすぎて、永遠にこの車に乗っていたかった。なのだが、思いのほか道路が空いていて、カーナビの予定到着時間よりもだいぶ早く到着してしまった。

――夢のような時間もついに終わりか……

『着いたぞ』

アパートに近い幹線道路脇に横付けしてもらい、車から降りた私は、ドアを開けたまま宇部さんに頭を下げた。

『今夜は私のわがままに付き合ってくださり、ありがとうございました。それと……いろいろと困らせてしまって申し訳ありませんでした』

宇部さんからしてみれば、ただ私と食事をしに来ただけ。それなのにこんなことになってしまい、おそらく彼の心中は穏やかではないだろう。

その辺についてなにか文句の一つも言われるかな、と身構えていたのだが、意外にも宇部さんは穏やかだった。それどころか、別れの寸前まで私を気遣ってくれた。

『困ってなんかいないから、謝る』

『え……』

『週明け、もし体調が悪ければ遠慮なく休みを取れ。じゃあな』

いつものあの綺麗な流し目で私に視線を送ると、宇部さんは軽く手を上げ、すーっと静かに車を発進させた。

『お疲れ様です……』

もう聞こえるはずもないのに、私は彼の車に声を掛け、見えなくなるまでその場に立ち尽くした。

――と、いうのがあの夜の一部始終だ。

抱かれたときのことを思い出すと、まだ胸がドキドキするし、宇部さんの顔を直視できそうもない。

でも素敵な思い出をもらえたので、一応気持ちに区切りはついた。というか、つけた。

タイミング良く二人で会う機会をもらえたのだ。だったらここでもう一度、会社を辞めて実家に戻る事を話して、なんとしてでもわかってもらわなければ。

とりあえず急いでアパートに戻った私は、カラスもびっくりの早さでシャワーを終え支度をし、宇部さんからの連絡を待つ。

準備を終えて時計をみれば、電話が来てからほぼ三十分が経過していた。そろそろ宇部さんから連絡が来てもおかしくはない。

ベッドに腰掛けて宇部さんを待っていると、スマホにメッセージの着信があった。

【到着した】

その四文字を見るや否や、私は部屋を飛び出し、この前送ってもらったときに降りた場所に向かう。

アパートの建物を出てすぐ、宇部さんの車が停まっているのが見えた。

運転席にいる宇部さんと視線を合わせると、すぐに助手席に乗るよう合図された。

「お疲れ様です。お誘いありがとうございました」

私が助手席に乗り込むと、宇部さんが素早く車を発進させ、車線に合流する。

今日の宇部さんの出で立ちは、あまり見ることのない襟元が開いた淡い色の長袖シャツに、下はブルーデニムというラフな服装だ。同じ会社で働くようになってからはスーツ姿の宇部さんばかり見てきたので、こういう格好は、なんだかとても新鮮に見える。

「いや。休みのところ悪かった。だけどまさかサーキットに行ってるとは思わなかった。体は大丈夫なのか」

最後の言葉に、ドキッと胸が跳ねる。

「だ……大丈夫ですよ。なんともないです」

こう言って、宇部さんに微笑みかけると、彼の頬が緩んだのがわかった。

「そうか。だったらいいんだ。今夜は俺がよく行く定食屋に行く予定だけど、いいか」

「はい」

——宇部さんがよく行く定食屋かあ……どんなところだろう。

頭の中でぼんやりと昔ながらの定食屋をイメージしたあと、さっきの会話を思い返す。

宇部さんにはああ言ったけど、あの日の夜と翌日は、なんとなく下半身がだるくて、ほぼベッドの上で過ごした。それに正直言うとまだ若干、宇部さんが入った感覚が残っている気がする。

といっても時間が経過するにつれどんどん薄れてきているのは確かなのだが、翌日だるくて寝ていましたなんて正直に言ったら、きっと宇部さんはもっと心配する。だから言えなかった。

「……もしかしてお前、風呂入ってきた？」

ハンドルを握り前を向いたまま、宇部さんが尋ねてきた。

「はい。レーシングスーツ着て汗掻いたんで……」

素直に説明したら、なぜかクスッとされる。

「しかし……お前面白いよなあ。マニュアル車操ってサーキットに行くような男っぽい一面もあれば、あの夜みたいに可愛い一面もあるっていう……ギャップがすごすぎるだろ」

いきなりあの夜のことを持ち出され、ギョッとして運転席に体を向けた。

「ちょっ……！　やめてください。しゅっ、趣味と恋愛は全然違いますから！」

「違うのか」

「違いますっ。むしろ、恋愛とは無縁の人生を送ってきたからこそ、趣味に走っていたというか……」

「そういうものなのか」

宇部さんは涼しい顔で納得しているけど、いつまでもこの話題を続けるのはちょっとキツい。そこでおもいきって話題を変えることにした。

「あの。それよりもですね。今夜はどうして食事に誘ってくださったんですか」

直球をぶつけてみたら、宇部さんが前を向いたまま「ん？」と口元を緩めた。

「まあ……なんとなく？　それに、よく考えたら休日に碇を呼び出したことってなかったなって思って」

「確かになかったですけど。それだけですか？」

「あと、お前の体調がどうか気がかりだったから。なんともないってわかって、ほっとした」

気を抜きかけたところに、また優しい言葉を掛けてくる。そんな宇部さんに、うっかり脱力しそうになる。

――そういうところが好き……なんだよねえ……

普段の言葉はぶっきらぼうかもしれない。だけど、こういうときサラッと優しいことを言うから、私みたいなチョロい女はすぐ彼にときめいてしまうのだ。

さっきの話じゃないけど、宇部さんこそギャップがえげつないと思うのは私だけだろうか。

――やばい。これじゃあ諦めるどころか、どんどん好きになってしまう。

私が宇部さんから顔を逸らし窓の外を眺めていると、宇部さんが「それと」と付け加える。

「お前がうちを辞めないよう、説得しようと思って」

「え」

「この前説得しようとしたら、話の途中でああいうことになったんで」

言われた瞬間、私の顔が火が出そうなほど熱くなる。

――そうだった。説得されてる途中で、私、ラブホテルに……

「だから今日はお前に運転はさせないから」

爽やかに微笑んだ宇部さんはそれから間もなく、とある商店街に近いコインパーキングに車を停めた。

車を降り、商店街に向かって歩いている途中、宇部さんがある定食屋の引き戸を開けた。店の外観はとても新しく、まだオープンして間もない店のように感じた。

「こんばんは。空いてます？」

知人に話しかけるような優しい口調で宇部さんが声を掛けたのは、エプロンをかけた中年の女性。年齢はおそらく五十代～六十代くらいだと思われる。

「いらっしゃい。空いてるよ～お座敷でいいかな？」

「はい。ありがとうございます」

宇部さんに続いて私も「失礼します」と一礼してから店の奥に進む。二十畳くらいのホールに並べられたテーブルと椅子には、すでに何組かのお客様がいて食事をしていた。私達はその間を進み、奥にある座敷に靴を脱いで上がった。

「日曜だから平日より席が埋まるの早いな」

席に着くのとほぼ同時に、宇部さんがメニューを広げ、私に見せてくれた。

「ほら。なに食ってもうまいぞ。好きなもの選べ」

「ええ……じゃあ、私はポークジンジャー定食で」

すぐに決めたので、さっきの中年女性がお水を持ってきてくれたときに注文を済ませた。ちなみに、宇部さんも私と同じものを選んだ。

「で、さっきの話だけど」

スタッフが去ると、いきなり宇部さんが本題に入る。真顔になった宇部さんについ背筋を伸ばし、次の言葉を待った。

「あれから少しは考え変わったか」

「……いえ。宇部さん、やっぱり私は……」

こう言っただけなのに、宇部さんがため息をつく。

「あれだけ言ったのにまだ辞めるっていうのか？　お前もなかなか頑固だな」

どういう返事をしたらいいのか、うまい言葉が見つからない。

「まさかとは思うが、あれを最後に俺の前から姿を消すつもりだった……とか言わないよな？」

テーブルの上で組んだ両手に顎を乗せながら、宇部さんが鋭い視線をぶつけてくる。

完全に図星を指された形になり、気まずさからつい目を逸らしてしまった。

「そ……そんなつもりは……辞めるなら、ちゃんと引き継ぎはすべきだと思ってますし……」

「あの夜のことを思い出にしようとしたって、そんなことさせないからな」

連続で図星を指されてしまい、心の中で白旗を揚《あ》げた。

――……完全に読まれている……

私が項垂《うなだ》れていると、宇部さんがクスクス笑う声が聞こえてくる。

「当たり前だろうが。ああいうことになったのに、いきなり相手が目の前から消えてみろ。俺がどれだけダメージ食らうと思ってるんだ」

「それは……確かにそうですね……」

立場を置き換えて考えると、彼の言っていることはもっともだと思う。私だって、もしそういう関係になった人がいきなり自分の元を去ったら、自分になにか原因があって去られたのかと思い悩みそうだ。

しかし、宇部さんには女性の影がある。そのあたりをはっきりさせないと、やっぱり彼の側にはいられないという結論にしかならないのだが……

「ご両親にはもう話したのか」

宇部さんが水を飲み、何気なくこう尋ねてくる。

「母にだけですが、考えていることは伝えました」

「そうか。親からしてみれば、娘が近くにいるっていうのは安心だろうし、嬉しいだろうな」

「ええ。だから……」

「でもやっぱり、碇には辞めてもらいたくない」

水を飲もうとコップに伸ばした手が止まる。

「宇部さん……」

そこまで引き留めてもらえるとは思わず、辞めると言い出した自分が悪いことをしているような気さえしてくる。

——どうしよう……だったらもう、本当の気持ちを話してしまうべき……？

あなたの側にいるのが辛いんです。だから辞めさせてください、と。

もうこの際だから、全部気持ちをぶちまけてしまおうか……と思い始めたとき、宇部さんがぼそっと言葉を発した。

「いつからだ」

「え？」

「お前、俺のことが好きだったって言ったろ？　それっていつごろからなんだ」

今ここでそれを聞きますか……

「秘密です」

即答したら、ムッとされた。

「なんでだよ」

「なんでと言われても、これればかりは秘密です」

――そう、これればっかりは明かせない。高校の頃……つまり十六歳からずっと宇部さんのことが好きだったなんて、宇部さんに知られたら引かれること間違いなし。

言うにしても、職場で一緒になってから……とか、多少はごまかさないと。

思っていることが顔に出ないよう、必死でポーカーフェイスを貫く。いや、貫いたつもりなのだが、なぜか宇部さんは私を見てニヤニヤしている。

「……なんですか、私の顔になにかついてますか？」

「いやあ……綺麗な顔が、俺のことで赤くなったりしてるのっていいもんだなと」

「……!?　か、からかってるんですか……!?」

「からかってない。本音を言っただけ。あ、来た」

動揺している私とは違い至って冷静な宇部さんが、運ばれてきた定食の方に視線を移す。

「お待たせいたしました～、ポークジンジャー定食です」

宇部さんと私の前に置かれたのは全く同じポークジンジャー。ソテーしたやや厚めの豚肉にたっぷりのジンジャーソースがかけられているのだが、そのソースから香る生姜《しょうが》の匂いがとても食欲をそそる。

定食なので器に盛られたご飯と、味噌汁《みそしる》。それとお新香が付いているので食べ応えもありそうだ。

「食べるか。いただきます」

先に手を合わせた宇部さんに倣《なら》い、私も手を合わせた。

「……いただきます」

正直言って、さっきの宇部さんの言ったことがまだ胸のあたりでくすぶっている。でも、このお料理は温かいうちに食べた方が絶対美味しい。なのでさっきのやりとりについては一旦忘れ、食事に集中することにする。

あらかじめカットされている豚肉をソースと絡め、口の中に運んだ。豚肉は柔らかく、噛んだ瞬間にじゅわっと肉汁が口の中に広がる。それに混ざり合うジンジャーソースは甘辛くて、ご飯と一緒に食べると絶品だ。これは摺《す》りおろしたタマネギの甘みだろうか。

「ん。美味しいですね……それにすごく柔らかいです、このお肉」

「だな。俺、前ここでとんかつ定食食べたんだけど、そのときの豚肉もすげー柔らかかった」

「へえ……そうなんですね。とんかつも美味しそう……」

私はほぼ自炊だけど、とんかつみたいな手が込んだ料理はほとんど作らない。ごくたまにものすごく体が肉を欲したときは、スーパーで揚げてあるカツを買って済ませてしまう。

実家で生活していたころは母や祖母が料理をしてくれたのだが、ほぼすべてのものを手作りしていた。だから、大学進学と同時に家を出てからというもの、料理を作ってくれる人がいるという環境はとてもありがたいものなのだと強く感じるようになった。

――だって自分で作るとなると、材料の他に調味料も全部揃《そろ》えないといけないじゃない？　毎日料理をするわけでもない場合、たくさん調味料があっても無駄になっちゃうことも多いし……

だからこうやってお店で人が作ってくれた料理を食べるのは、最高に贅沢《ぜいたく》だと思う。

「お前が辞めないって言ってくれたら、また連れてきてやるよ」

何気ない私の呟きに、宇部さんが素早く反応する。

「……それって、私を食べ物で釣ろうっていう考えですか？」

「まあ、それもある」

黙々と美しい箸使いで食事を進める宇部さんが正直に言うもんだから、ついクスッとしてしまう。

「ここでもいいんですけど、だったら食べたことがないような物をリクエストしたいですね」

「ああ？　この前フルコース食べたばっかだろうが」

「宇部さんと違って、私あんまり人と食事しないので。だからまだまだありますよ、食べたことのないもの」

「そうなのか？　……そういえばこの前、塩川《しおがわ》デザイン事務所の塩川社長が、お前を食事に誘ったら断られたって言ってた」

その一件を宇部さんが知っているとは思わず、私の箸を持つ手が止まる。

「そのお話をどこで……?」

「塩川さん本人だよ。この前会う機会があってな。勇気を出して碇を誘ったのに、断られたって」

「そ、そうですか……」

宇部さんに話すつもりはなかったのに、ご本人にバラされてしまっては仕方ない。

塩川社長は、弊社がお世話になっているＷｅｂデザインを主な生業とする事務所の社長さんだ。数年前から仕事でお付き合いがあるのだが、塩川社長本人はとても気さくで笑顔が爽やかなイケメンだ。

そんな塩川社長に誘われたら、普通の女性なら喜んで食事にお付き合いするだろう。でも、残念ながら私は宇部さん一筋の女。ありがたいことにお食事でもどうかと誘っていただいたのだが、気を悪くされないよう言葉に注意しながら、丁重にお断りしたのである。

でも宇部さんにその話をするということは、もしかしてお気を悪くされたのだろうか。

「あの……もしかして塩川社長、怒っていらっしゃいました……?」

おずおず尋ねると、宇部さんは表情を変えず「いや」と否定した。

「全然。碇さんを誘うのは至難の業《わざ》だな～なんつって笑ってた」

「そうですか……それならいいのですが……」

それを知りホッとした。

「塩川社長に限らず、他の人に誘われても見事に全部断ってるもんな、お前」

「……それは、以前も言いましたが、男性と一対一でお食事をする、というのが苦手なんです。家族とか、気心知れた相手なら大丈夫なのですが……」

言い終えたところで、ハッとする。これでは宇部さんが気心知れた特別な存在であると、自ら暴露しているようなものではないか。いや、実際そうなんだけど。

「ああ、そうだったな。一応俺からもフォローはしたけど、塩川さんまだ諦めてないみたいだから……」

「そ、そうですか……」

——良い方だからお断りするのすごく申し訳ないんだよね。かといって二人きりは厳しいし……何人かでお食事とかならまだいいんだけどな……

モヤモヤ考えながら食べていると、宇部さんが最後の一枚を食べ終え、ご飯茶碗《ぢゃわん》を置いた。

「うまかった。ごちそうさま」

食べている最中に店員さんが持ってきてくれたお茶を飲んで、宇部さんは満足そうだ。

「相変わらず食べるの早いですよね」

「俺のことは気にせず、お前はゆっくり食っとけ」

「はい。と言いたいところですが、見ての通り私もお新香とキャベツを残すのみです」

「お前も結構食うの早いよな」

私のお皿をじっと見つめる宇部さんの視線に耐えながら、私は最後に残った少量のキャベツを口に運ぶ。

私の場合昔からというわけではなく、秘書という仕事柄自然と早食いが身についてしまったのだ。

「とても美味しかったです。ごちそうさまでした」

すべての料理を綺麗に平らげ、お茶を飲んでまったりする。私の向かいでは、すでにお茶を飲み終えた宇部さんがスマホに視線を落としている。ずいぶん真剣な顔をしているので、なにかあったのかと気になってしまう。

「なにか緊急の連絡でもありました？」

何気なく私が尋ねると、宇部さんが「いや」と短く答えた。

「なんでもない。そろそろ出るか」

スマホを見るのを止め宇部さんが腰を上げた。それを見た私も荷物を手に立ち上がる。前回に引き続きここも宇部さんがおごってくれたので、店を出てすぐにお礼を言った。

「宇部さん、ありがとうございました」

「ああ。どういたしまして」

駐車場まで移動し車に乗り込み、私達は帰路についた。

帰りの道中、よっぽど辞めたい本当の理由を話そうかと思った。でも、美味しいものを食べて満たされて、好きな人と二人きりというこの幸せを壊すようなことは、どうしてもできなかった。

今、こうして宇部さんと二人でいる時間も、後になればきっと素敵な思い出になると思ったから。

私がこんなことを考えているのを知ってか知らずか、宇部さんもそのあたりを追求してこなかった。

だから私達はいつものように当たり障りない会話をして、いつものように別れるのだ――と思っていたの

だが、この日の別れ際はいつもと少し雰囲気が違った。

アパートの前に横付けしてもらい車を降りようとしたら、いきなり宇部さんに腕を掴まれた。

「碇」

こんなことは初めてで、つい大きく目を開き宇部さんを凝視してしまう。その宇部さんの瞳は、なにかを言いたそうに揺らいでいた。

「……はい。あの、なにか……?」

ドキドキしながら宇部さんの言葉を待つ。でも、なぜか宇部さんはフッと頬を緩ませ、私の腕を解放した。

「……いや、なんでもない。悪いな、引き留めて」

「い、いえ……それでは、失礼します……」

「ああ。またな」

彼の言動が気になりつつ歩道に移動すると、それを確認してから宇部さんの車は静かに走り出した。

今のは、なんだったのだろう。

私は宇部さんに掴まれた手を押さえながら、なんともいえない気持ちのまま帰宅したのだった。

第五章　今度こそ、ちゃんと確認する

月曜日の朝が来た。

人生で一番大きな事件ともいえる出来事を経験した週末を終え、新たな日常の始まりである。

洗面台の鏡に映る自分はいつもと同じ。それを確認して安堵した私は、通勤用のバッグを肩に掛け、アパートを出た。

カットソーの上にジャケット、下はテーパードパンツを履き、颯爽《さっそう》と会社までの道のりを歩く。

日曜の去り際、宇部さんがなにを言おうとしたのか。その内容が気になりはしたが、自分の中で色々決心がついたこともあり、昨夜は黙々とあるモノをしたためた。それを出勤後、早速楠木さんに提出すると、彼の表情がわかりやすいくらい険しくなった。

「碇……本気か？」

デスクに置かれた退職届。そこに楠木さんと私の視線が集中する。

「本気です。私、このお仕事は好きですけど、やっぱりこのままあの人の側にいるのは……ちょっと辛いです。なので……」

話を終え一礼すると、楠木さんが驚いたような顔をしていた。

「もしかして、宇部に伝えたのか」

この人は本当に鋭いな……とつい笑ってしまう。

「はい。気持ちは伝えました」

「それで、宇部の反応は?」

間髪を容《い》れずに返ってきた言葉に、私の思考が止まる。

「え? 反応は……って、それは……」

——反応……って、あれ? 宇部さんなんて言ってたっけ……ていうか、あの後すぐホテルに入って……

そういうことになって……

順を追って思い出していたら、だんだん自分の顔が熱くなっていくのがわかる。

そんな私を最初は訝《いぶか》しげに眺めていた楠木さんだったが、なぜかその表情がだんだん緩んでいく。

「なんだ、うまくいったのか。だったらこれ必要なくない?」

楠木さんがデスクに置かれた退職届を指で持ち上げ、目線の高さでひらひらさせる。

それを見た瞬間、ついムキになって反論してしまう。

「そんなことないです!! 決してうまくはいってない…………は、はず……?」

自分でもわからないが、なぜか語尾に「?」が付いてしまった。

好きだとか、そういうことは言われていない。でも、私の処女をもらってくれた。

これって、どういう意味なんだろう。

「はずって、なんだ」

考え込む私を眺めながら、楠木さんが眉根を寄せる。

そういえば私……自分が告白すること、処女を宇部さんに捧げたいという気持ちで頭がいっぱいで、宇部さんの気持ちを確認するのを忘れていまいか。

そのことに今更気がつき、愕然《がくぜん》とする。

――しまった……よくよく考えてみれば一番大事なことを忘れていた……私って……なに……

私はさながらタイトルマッチを終え、気力も体力も尽き果てたボクサーのようにその場に立ち尽くす。

そんな私をずっと無言で眺めていた楠木さんだったが、ついに呆れた様子でため息をついた。

「……ま、いいや。とにかく、どうなってるのか知らないけど、そこんとこもっとはっきりさせてから出せよ。ということでこれは返す」

「も、申し訳ありませんでした。出直します……」

退職届を突っ返されてしまい、仕方なくそれを手に執務室を後にした。

私は額を押さえながら、おぼつかない足取りで自分の席に戻った。

――えーっと……結局、宇部さんの気持ちはどうなんだろう……

頭を抱えながら、金曜の夜と日曜の宇部さんを思い出そうとする。

彼の言動にきっとヒントがあるはずだと、一言一句を明確に記憶の底から引っ張り出す……が、優しい言葉は多いけれど、好意を表すような言葉は言われていないような気がする。

——これじゃダメだ……また宇部さんに確認しないといけないじゃない……。

金曜の夜だって決死の覚悟で告白したのに、またその話をしないといけないのか。

それを思うと途端に気持ちが沈む。せっかく色々気持ちにケリをつけて、彼の元を去ろうとしているのに。

「おはよう」

悶々《もんもん》としていると、背後から掛けられたその声にドキッとする。

宇部さんだ。

「お……おはようございます」

条件反射で椅子から立ち上がり挨拶をすると、いつものように宇部さんが私をチラッと見て、そのまま自分の執務室に向かって歩いて行く——のだが、今朝の宇部さんの口元には、うっすら笑みが浮かんでいた。

——なんだか宇部さん、機嫌がいいな。

その理由はわからないが、彼が朝からあんな顔をするのは珍しい。

単純にいいことだ、と思った私は、とくに深く考えず着席し、パソコンを立ち上げたのだった。


この日の午後は宇部さんも楠木さんも所用で外出し、そのまま直帰《ちょっき》となった。そのため定時で上がれることになった私は、ふと思い立ち予約を取ると、ある場所に向かった。

勤務するオフィスビルからそう遠くない場所に建つテナントビルにその店はある。メインはハーブやアロマを扱うショップだが、そこに併設されたリフレクソロジーサロン目当てに店の扉を開けた。

「ごめんください。先ほどお電話した碇と申しますが……」

「碇さん、いらっしゃいませ！」

私がひょっこり顔を出すと、すぐに近くにいた女性スタッフが近づいてきた。

白いTシャツに黒いエプロンを身につけたその女性の名は、砂子十茂さん。現在は楠木十茂となった彼女は、先日結婚式を挙げた楠木さんの奥様だ。

「十茂さん、お久しぶりです。先日はありがとうございました。素敵なお式でした」

「いえいえこちらこそ。遠くまで来てくださって、本当にありがとうございました。さ、どうぞこちらへ」

長い髪を一つにまとめ、優しく微笑む十茂さんはとても可愛い。癒やし系というのだろうか、雰囲気がほわっとしていて、彼女の笑顔を前にすると私も緊張感が解け、顔が緩んでしまう。

彼女の後に続き、店の奥にあるエステルームに移動する。少しライトを落とした狭い部屋の中に、施術用のベッドが置かれている。

そう、今日は十茂さんにアロマセッサージを施術してもらう為に、ここへやってきたのだ。

なんせ日々慢性的な肩こり腰痛と闘う私。楠木さんと彼女がお付き合いを始めたことがきっかけでこの店を教えてもらい、それから体がカチコチに凝り固まって限界だと思うと、ここに予約を入れて施術を受けている。今日も突然の予約にもかかわらず、十茂さんの予定が偶然空いていたこともあり、お願いすることができたのである。

「じゃ、ご用意ができた頃に伺いますね」

「はい」

着ていたものを脱ぎ、紙ショーツを身につけただけの格好で、ベッドにうつ伏せになる。それから間もなくして準備を整えた十茂さんがカーテンの隙間から現れた。

「じゃあ始めますね～」

「お願い致します……」

十茂さんがアロマオイルをつけた手で私の背中をゆっくりと撫でていく。が、すぐに「固いですね～」という彼女の声が聞こえてきた。

「すみません……自分でもいろいろやってはいるんです。お風呂長めに入ったりとか、ストレッチとか……でもなかなか……」

「そうですよね……みなさんそうおっしゃいますよ。大丈夫です、なんとかほぐしますから」

「よろしくお願いします……」

頼もしい十茂さんの言葉に安心した私は、そのまま目を瞑る。あわよくばそのまま眠りに……なんて思っていたが、私の恋愛事情をよく知る十茂さんに、宇部さんとの現状を話さずにはいられなかった。

私が宇部さんに告白したことを打ち明けると、背中をマッサージしていた十茂さんの手が止まった。

「……え!?　ついに言ったんですか!?　そ、それで……宇部さんは、なんて……」

慌てたような十茂さんの声が聞こえ、うつ伏せになったまま私は苦笑した。

「そこなんですが……私、うっかりしてて宇部さんの気持ちを聞くの忘れちゃって……」

すると再び十茂さんの手が止まる。

「えっ⁉　返事聞かなかったんですか⁉」

「あっ、えっと、それがですね……ちょっといろいろありまして、うっかりそのことを忘れてしまって……」

「告白して返事聞くの忘れるってどういう状況なんですか……？」

恐る恐る尋ねられ、私は自ら墓穴を掘ったことに気づく。

——しまった。告白した後になにが起こったのかちゃんと言わないと、余計怪しまれる展開に……

「あの、十茂さん。今から話すことは楠木さんには内緒でお願いしたいのですが」

「わかりました。絶対に話しません。それで……一体なにがあったんですか？」

「ありがとうございます。実はですね、告白した後、私、勢いで近くにあったラブホテルに突入してしまいまして」

きっと驚くだろうなと思っていたら案の定。またしても十茂さんの手が止まってしまう。

「……えっと……そ、それで……どうなって……」

十茂さんの口調が突然しどろもどろになる。当たり前か、こんな話を聞けば誰だってこうなるかもしれない。

動揺を誤魔化すように私の背中をマッサージする十茂さんだったが、さっきよりかなり力が強い。

「あの、十茂さん……ちょっと痛いかもです」

「あっ、ごめんなさい‼　私ったら気が動転してしまって……」

「いえ、私のせいですごめんなさい……その後はご想像の通り、そのままホテルで……致して……」

言った瞬間、十茂さんが息を呑んだ気配がした。

「いた……‼ あの……碇さん、私、今、すごく叫びたいのを我慢しています……‼」

頭の中で【きゃあああ‼】と悲鳴を上げる十茂さんをイメージする。彼女が叫びたくなるのも無理はない。

「驚かせてしまい申し訳ありません……そういうわけで、あの行為に頭がいっぱいいっぱいで、告白の返事のことなんかすっかり忘れてて……」

「あー……なるほど。なんだかいろいろ腑《ふ》に落ちた気がします。それに私も人のこと言えないからなあ……あはは……」

十茂さんがこう言うのには理由がある。実は十茂さんと楠木さんは、高校三年生のときに体の関係を持ってしまったのに、さまざまな出来事によりすれ違いが生じて、十年間連絡を絶っていたのだという。

『再会して誤解も解けて結婚が決まったからいいようなもので、そうでなかったら私、未だに楠木君を思い続けていたかもしれません』

以前、ここで施術中に十茂さんからその話を聞いたとき、すごく驚いた。しかし、まさかその後に自分も同じようなことをするとは、夢にも思ってもいなかった。

「私も以前、十茂さんからその話を聞いたとき、そんなことってあるのかなって不思議に思ったんです。でも、今回自分がそういう目にあって、よくわかりました。ありますね、そういうことは」

堂々と断言しているけど、全然良いことじゃない。でも、そんなことは誰よりも私が一番よくわかっている。

うつ伏せのままため息をつくと、再び背中のマッサージを始めた十茂さんが口を開く。

「で、碇さんどうするんですか？　ちゃんと気持ち確認して宇部さんとお付き合いするんですよね？」

当たり前のことのように彼女は言うが、私はなんて返事をしたらいいのか困ってしまう。

――はい、って言いたいところだけど……それはきっと無理なんです……

「いいえ。処女を捧げただけで私はもう満足なので、将来的には地元に帰省して、親の仕事を手伝うつもりでいます」

「……え!?　碇さん、今……地元に帰省って、本当に!?　なんでですか!?」

「なんでと言われても……でも、そのつもりでいたので、あんな大胆な行動に出ることができたんです。宇部さんや楠木さんはありがたいことに引き止めてくれるのですが、いずれは……」

「地元に帰るなんて、そんな……ダメですよ！　せっかく想《おも》いが通じそうなのに……」

珍しく強めの口調で、十茂さんが私の話に被せてくる。それに驚いてしまい、一瞬頭が真っ白になった。

「……でも、私もう決めてしまって……」

「と、とにかくですね！　まだ決断はしないほうがいいです。せめて宇部さんの気持ちを確認してからでも遅くはない、と思います。それに碇さんがいなくなったら私も寂しいし……考え直してください！」

私が想像していた以上に強く引き止めてくれた十茂さんに驚く。まさか彼女がここまで言ってくれるなんて、予想していなかったから余計に。

「……想いが叶わないなら側にいるのが辛いっていう、碇さんの気持ちはわかるんです。でも、やっぱりお互いの気持ちをしっかり確認するべきです。私も楠木君もそれができなくて誤解して、お互いを思いつつずっと十年も会わずにいたんですから」

最初は静かな語り口だった。でも、最後は苦笑交じりで十茂さんが経験談を語ってくれた。

「十茂さん……」

「それに宇部さん、碇さんの願いを聞き入れてくれたんだったら、意外とまんざらでもないと思ってるんじゃないかなあ……」

「……そうでしょうか……?」

もし万が一私に好意を持ってくれていたら、告白されたときに「俺も」って言うのではないだろうか。でも、宇部さんは言わなかった。それが答えなのでは？　って思ってたけど……違う場合もあるのだろうか。

——わからない……

「すみません十茂さん……恋愛に関するスキルが皆無のため、私にはよくわかりません……」

肩甲骨《けんこうこつ》の内側をマッサージしながら、十茂さんがクスクス笑う声が聞こえる。

「いえいえ。私も楠木君としか恋愛してないので、そこら辺はお互い様ってことで」

「お互い様ですか……」

楠木さんと十茂さんも過去に色々あった。そんな二人も紆余曲折《うよきょくせつ》を経て、今じゃ私がこれまで見てきた中で一番幸せそうで、とてもお似合いな夫婦になった。

——私も、お二人みたいに幸せな結婚が……できたらいいな……もちろん相手は宇部さんで……

だんだんコリがほぐれてきたせいか、体が温まってきて眠気に襲われる。

「すみません……十茂さん……私、眠くて……」

寝てもいいですよ～という十茂さんの声が聞こえたのを最後に、私は施術が終わる一時間後まで夢の中にいたのだった。


施術を終えサービスのハーブティーを飲み終えた私は、十茂さんに別れを告げ店の外に出た。

来店時よりもだいぶ体が温まったせいか、頬に触れる夜風がひんやりしていて心地良い。

それにしても十茂さんのマッサージは最高だった。重石《おもし》が乗っかっているようだった肩は軽く、まるで羽が生えたかのよう。

施術の後半は寝入ってしまったのだが、とても眠りが深く良い睡眠だった。体中の血のめぐりが良くなったこともあるし、これにお店で購入した安眠ブレンドのハーブティーを飲めば、今夜はさらにぐっすり眠れそうだ。

それに宇部さんとのことに関しても、十茂さんに話を聞いてもらったお陰で自分の中で気持ちが固まった。

またあの話を持ち出すのは勇気がいるけれど、ちゃんと宇部さんに確認しよう。それでダメだったら、今度こそ誰になんと言われようが、私は彼の側を離れる。そう、心に決めたのだった。

＊＊＊

昼食を終えて執務室でパソコンの画面を見つめていると、スマホに着信があった。画面には【塩川社長】とある。

——またかよ……この人は……

社の方ではなく、俺の携帯にかかってくる。ということは、用件はあのこと以外に考えられない。

「はい、宇部ですが」

『やあ宇部さん。昼時に申し訳ない。今いいかな？』

「いいですよ。ていうか、どうせ碇のことでしょう？　あなたも懲りない人だな」

『ひどいな。私はただ、素敵な女性と二人きりで食事をしたいだけなんだけど』

笑い混じりの声が聞こえてきて、やれやれ……とため息が出そうになる。

「とにかく。碇とどうしても食事をしたいのであれば、私も同席します。それ以外は受け付けませんよ」

『ええ～、宇部さん、それ本気で言ってる？　私の恋路を応援してくれないの？』

「うちの大事な秘書になにかされちゃたまりませんから」

このところの塩川社長は顔を合わせると毎回これだ。どうやら、俺が思っている以上に碇のことを気に入っているらしい。

——ずっと誘いをのらりくらりとかわしてきたが、そろそろ本気で対策を考えないとまずいかもしれないな……

俺とああいうことになったというのは一旦置いておき、碇世里奈という、うちの秘書はいろんな意味で目立つ女性だ。高身長でスラリとしたモデル体型に、あれだけ美しい顔がついているのだ。無理もない。

そこに加えて、役員三人の秘書を一人でそつなく務めあげているのだからまたすごい。

常に冷静沈着で、姿勢正しく凛《りん》とした、美しい秘書。そんな彼女は社員からだけでなく、同じビルにオフィスを置く社員達からも一目置かれている。

しかし、彼女の隙の無さに男性は声をかけることができず、ほとんどの男性は遠巻きに眺めるだけにとどまっているらしい――と、同じビルにオフィスがある方から聞いたことがある。でも、俺はそれでいいと思っている。

――やたらめったら声をかけられるようでは、こっちの身が持たんからな。

それに加え、今は彼女がこの会社を去ることを考えているのだ。そっちもどうにかしなくてはいけないと、この前から頭が痛くなることばかりだ。

今、彼女にうちを去られるのは痛い。俺も面倒な性分だという自覚はあるが、楠木や多田もなかなか他人に心を開きにくい性格の持ち主。そんな俺たちが気兼ねなく接することができる碇という存在は貴重なのだ。

それに今、彼女の代わりが務まるような社員はおそらく存在しない。だからこそ、彼女に去られるわけにはいかないのだ。

もちろん、それだけが理由で引き留めているわけではないのだが。

塩川社長との電話を終えた俺は、眉間のしわを伸ばしながら、この先のことを憂《うれ》いため息をついた。

＊＊＊

「おーい、碇」

「はい」

呼ばれて振り返ると、そこにいたのは我が社のＣＦＯ（最高財務責任者）である、多田一路《かずみち》さんである。

彼の役割はその名の通り、会計や予算などの財務に関する業務の統括。そしてＣＥＯやＣＯＯである楠木さんや宇部さんと共に先頭に立って我が社の将来を担っている役員の一人である。

多田さんは楠木さんたちと大学は違うが、共通の友人を介して知り合い意気投合し、この会社の設立に参加したのだという。その多田さんは公認会計士の資格を持ち、超難関国立大学を卒業したインテリだ。

外見も爽やかな多田さんは楠木、宇部と並び我が社のイケメン経営陣として、取引先企業の女性社員の間では有名なのだという。

だが、私はずーっと宇部さんのことしか男性として見ていないので、多田さんを意識したことはこれまで一度もない。でも私がこの会社に入ってからずっと変わらず気さくに接してくれる多田さんのことは、とても尊敬しているし素晴らしい人だと思っている。

「どうしました？」

「あのさ、来月から俺の昼食、これに変えてほしいんだけど」

多田さんが渡してきたメモにある企業はよく知っている。うちが開発したアプリを導入している給食サービスの会社だ。

我が社は社員食堂がないので、希望者のみ何社か契約している弁当の宅配サービスを利用することにしている。楠木さんも宇部さんも多田さんもずっとそれを利用しており、数社と契約している関係上、定期的に発注先を変えることはよくある。

「はい。かしこまりました。このコースうちの女性社員に人気があるんです。炭水化物控えめ、野菜中心のヘルシーメニューですしね」

「うん。ここの弁当食べてる社員から勧められてね。最近暴飲暴食が続いてたから食生活見直そうかと思って」

肩を竦《すく》めながらクスクス笑っている多田さんだが、私が入社した頃からスリムな体型を変わらず維持している。それはきっと、こうして彼自身が食生活に気を遣っているからなのだろう。

「それと宇部が呼んでる。あいつのところ行ってやって」

「……わ、わかりました」

用件を終え、多田さんは笑顔のまま自分の執務室に戻っていった。

多田さんの背中を見送った私は、自分の席で軽く項垂れる。

随分早く出社して執務室に籠ってる宇部さんには、出勤時に挨拶をしたきり会っていない。今度こそ会ったらあの件をはっきりさせようと意気込んで出勤したものの、時間が経つとどうも決心が鈍ってしまう。

——でも仕事は別だわ。行かなきゃ。

恋愛モードからお仕事モードに無理矢理《むりやり》切り替え、宇部さんの執務室のドアをノックする。

「碇です」

「どうぞ」

声が聞こえたのを確認してからドアを開けた。宇部さんはいつものごとく、パソコンのモニターに向かい高速でキーボードを叩いている。

「失礼します。お呼びですか」

「ああ。お前、楠木に辞表出したんだって？」

目線を動かさずいきなりあの件を持ち出され、グッと口ごもる。

――楠木さんたら、受け取らなかったのに話したのね……。

「あんだけ言ったのに、お前も頑固だな」

楠木さんを恨めしく思っていると、宇部さんがキーボードを叩くのを止めた。

「……一度決めたことなので。でも……あれから少し考えが変わりました」

「おお？　どう変わったんだ？」

宇部さんがパソコンのモニターから視線を私に移す。

「確認作業は大事だなって、改めて思ったので。そういうわけで、宇部さん。近いうちに少しお時間いただけませんか」

「確認作業？　……いいけど。じゃあ、今夜はどうだ」

「問題ありません」

「わかった。終わり次第声掛けるから」

会ってくれることがあっさり決まり、少しホッとする。

「はい……では、失礼します」

「ああ」

静かに宇部さんの執務室を出た私は、他の社員に気付かれないよう、大きく息を吐き出してから、自分の席に戻った。


その日の夕方。役員全員の明日の予定をチェックし終え、あとは宇部さんの仕事が終わるのを待つだけとなった。

――外食でもしながら話をする、とかかな。

机の上を片付けてからフロア内をモップがけしていると、執務室から宇部さんが出てきた。その手にはブリーフケース、腕にはコートが掛かっており、帰るのだとすぐわかった。

――あれ。早い！

「用意できてるか？　行くぞ」

「はい、今行きます」

まさかこんなに早いとは思わなかった。慌ててモップをしまいバッグとコートを掴み、先に歩き出した宇部さんの後を追う。

オフィスビルの地下駐車場に行き、宇部さんの車に近づくと、今回もやっぱり運転席には宇部さんが座った。

――まあ、そうなるか……

心の中で納得しながら助手席に腰を下ろす。

いつもと変わらず素敵な宇部さんと、私の車とは違い高級感と洗練された空間にため息が零れる宇部さんの車。この二つに囲まれ、私の胸がドキドキと音を立てる。

宇部さんと二人きり。こんなの何度も経験しているのに、どうしても緊張してしまう。

車を発進させるまでの流れを黙って見ていたら、いきなり宇部さんに「で？」と声を掛けられた。

「話したいことがあるんだろう？　ここには俺とお前しかいないんだ、気兼ねなくなんでも話せ」

「……そうですね、じゃあ早速。まず退職届の件ですが、楠木さんに提出したものの、受け取ってはもらえませんでした」

「だろうな。楠木だってお前が辞めることに納得していないからな」

宇部さんがハンドルを握る車が駐車場を出て、一般道に合流した。辺りはすっかり暗くなり、行き交う車のライトや飲食店の明かりが街を照らしていく。

「あの、ところで宇部さん。今はどこに向かっているんでしょうか」

話の途中だけれど、気になったので聞いてみた。なぜならば、車が市街地からどんどん離れていくからだ。

「ああ……夕食でも食べながら話でも、と思ったんだが」

「はい」

「今日はお前ととことん納得がいくまで話をすべきだと思ってな。邪魔が入らない場所に行くことにした」

真正面を向いたまま、宇部さんは涼しい顔でこう言い放つ。

邪魔が入らない場所とは、料亭みたいなところだろうか。しかしこのところ何度も宇部さんにお食事をご馳走《ちそう》になっているため、そういった場所に行くことに抵抗がある。

「宇部さん、あの……私、あんまりお金がかかるような場所に行くのは、ちょっと……」

「かかんねえよ。俺の部屋だからな」

宇部さんの言葉が私の頭の中でこだまする。

――俺の、部屋……俺の……部屋‼

「ええっ‼　う、宇部さんの、お部屋……⁉」

まさかそういう展開になるとは思わず、つい助手席で大声を上げた。すると、なぜそんなに驚くんだと言いたげに宇部さんの顔が歪む。

「俺の部屋に行くのがそんなに嫌か」

嫌じゃない。むしろ、いつもどんな部屋に住んでいるのかを勝手に想像するくらい、興味がありました。

なんて本音は言わずに、私はふるふると首を横に振り、建前の理由を口にする。

「やっ、そうではなくて……宇部さんって朝から晩まで会社にいることが多いから、以前社員の間で噂になったんです。宇部さんってもしかして、会社に住んでるんじゃないかって……」

「……なんだと？」

チラッと一瞬助手席に視線を送ってきた宇部さんに睨まれる。

「ああっ、怒らないでください‼　その噂が流れたとき、楠木さんも多田さんも宇部さんのマンションに行ったことがないって言ってたんで、ますます皆そう思い込んでしまった、というわけでして……」

ビクビクしながら宇部さんの反応を覗う。さすがに聞いてすぐは不機嫌そうに顔を歪めていた宇部さんだが、すぐに「ふっ」と口から笑いが漏れ出した。

「なに言ってんだよ、うちの社員は……んなことあるわけないだろうが。ちゃんと毎月家賃払ってマンションに住んでるよ。楠木も多田も来たことあるし。まあ、最近ようやくだけど」

「で、ですよね。失礼致しました……って、そうなんですけど！　そうじゃなくて……」

「そうじゃなけりゃ、なんだ」

一瞬言《い》い淀《よど》みつつ、別に隠すこともないので正直に打ち明ける。

「私、家族以外の男性のお部屋にお邪魔するの、初めてなんです」

「え」

宇部さんが顔は正面に向けたまま、目だけでこっちを見た。

「だからその……なんていうか、緊張してしまいます」

はあ……と吐息を漏らすと、運転席からククッと笑い声が聞こえた。それに反応して視線をそちらへ移すと、口元に手を当て笑いを堪えている宇部さんがいる。

「……このところ初体験ばっかりだな、碇」

「わ、笑うところじゃないですよ‼　私だって、まさかこんなことになるなんて……」

「悪い悪い。ああ、うちもうすぐだから。そこのマンション」

ハンドルを握りながら、宇部さんが斜め左前方に見えてきたマンションを指差した。おそらく最上階は三十階近くあろうタワーマンションだ。

「タワマンにお住まいだったんですか」

窓ガラス越しにぼーっとマンションを見つめていると、また隣から笑う声が聞こえる。

「でも住んでるの三階だけどな。景色も普通だよ」

けらけら笑っている宇部さんを見つめる。

体の関係を持ってしまったら以前のように接することができなくなるんじゃないか。そんなことばかり気にしていたけど、こうしていると宇部さんは以前と変わらず私に接してくれる。

――だったら、宇部さんの気持ちを確認などせず、このままでいいんじゃないか、なんて。

わざわざお願いして会ってもらっているのに、本来の目的を見失いそうになってしまう。

でもそれじゃダメだと思い直し、スーハーと呼吸を整え背筋を伸ばした。

「話がおもいっきり逸れたけど、本来の用件はなんなんだ？」

改めて宇部さんに尋ねられた私は、背筋をしゃんと伸ばしたまま、はっきり言った。

「宇部さんのお部屋に着いたら、話します」

「どうぞ」

「……お邪魔します」

宇部さんが手でドアを押さえている間に、遠慮しながら玄関に入った。なにも置かず、ただ靴が数足置いてある玄関でパンプスを脱ぎ、宇部さんの聖域へ突入する。

――わ。ここが宇部さんのお部屋……

入ってすぐに漂ってきた宇部さんの匂い。それを嗅いだだけですでにドキドキしてる。どうやら私、宇部さんが好きすぎてちょっと異常なくらいこの部屋に反応しちゃってるみたいだ。

「スリッパとかないから、そのままでいいか？　ちゃんと掃除はしてるから」

「はい、このままで平気です」

立ったまま廊下の奥を見つめていると、宇部さんに中に入るよう促される。

「入って」

「は、はい。では、失礼致します」

廊下を進みながら、ついキョロキョロと辺りを見回す。廊下の左右はまっさらな白い壁。なにかを飾ったりしないところが宇部さんらしいなと思った。

宇部さんによるとここの間取りは一ＬＤＫ。廊下の途中にあるドアの向こうが寝室で、廊下の突き当たりにあるのがリビング。といっても私が住んでいるような狭小ワンルームとはわけが違う。リビングは三十畳は軽くある広さだし、寝室にしている部屋もダブルベッドを楽々置けているらしい。

——そりゃ、宇部さんはうちの経営者の一人だもんね。私と比べること自体が間違ってるなこれは……

心の中で苦笑しながら広いリビングの中心へ進む。白を基調としたアイランドキッチンの壁際には生活家電がずらりと並び、私が想像していたより意外と生活感がある。

「宇部さん、料理するんですか？」

「するよ。簡単なものだけ」

宇部さんは着ていたコートを椅子の背に引っかけると、腕時計を外し壁際のデスクの上に置いた。

それを見て私もたった今脱いだばかりのコートと、ずっと手に持ち続けていたバッグを床の端っこに置かせてもらう。

「そこのソファーにでも座ってて」

宇部さんがスッと指で示したのは、三人は余裕で座れる大きなソファー。

そこに足を揃えて浅く腰を下ろすと、部屋の壁際中央に置かれた大画面テレビがよく見えることに気付く。

——ここでテレビ観ながら、ごろ寝したりご飯食べたりするのかな……？

寛《くつろ》ぐ宇部さんの姿を勝手に想像していたら、なんだか嬉しくなってきて自然と顔が緩んでしまう。

気持ちを打ち明けることもできず片思いしていた頃からすると、こんなふうに宇部さんのプライベートを実際に見ることができているこの現実が信じられない。まだ今も、夢なんじゃないかと思うときがある。

それくらい、今、私にとって非現実的な光景が視界に広がっている。

「で、碇。夕飯なんだが」

「はい？」

　声をかけられて何気なくそちらを見ると、スマホを操作しながらこっちを見ている宇部さんがいた。

「近くに宅配ピザの店があるんで、配達してもらおうと思うんだが。お前の好きなピザはなんだ」

「なんでもいけます。でも、強《し》いて挙げるならマルゲリータとビスマルクが好きです」

　宇部さんの手元が私からは見えないので推測だが、彼はおそらくスマホでピザ屋のアプリを開き、メニューを見ていたのだろう。

　私がこう言うと、手元に視線を落としていた宇部さんがニヤリとする。

「奇遇だな。俺もその二つは大好物だ。じゃあ、決まりな」

　ビスマルクというのはピザ生地に生卵を落として焼き上げるピザのことだ。焼き上がってから卵を潰すと、とろりとした黄身がアクセントになって具材の味わいがよりまろやかになり、最高に美味だと思う。

　思いがけず好みが一緒だったことが嬉しくて、胸のあたりがほわほわする。こんなことで幸せになれる私は、なんてお手軽な女なのだろう。

　モバイルオーダーで注文を済ませた宇部さんが、キッチンにあるコーヒーメーカーでコーヒーを淹れてくれた。

「ピザが届くまで三十分はかかる。それまでゆっくりできるな、なあ碇」

「で、できます……ね」

コーヒーの入ったマグカップを私に手渡しながら、宇部さんがにこりとする。そのまま彼もマグカップを持ち私の隣に腰を下ろした。

「で、お前の話ってなんなんだ」

マグカップに口を付けながら、宇部さんがチラリと私を窺ってくる。

そうでした、話があるんでしたと、私は佇《たたず》まいを正し、宇部さんに体を向けた。

「……っと、ですね……この前、私が言ったことについてなのですが」

「言ったことって、どれ。うちを辞めて実家に帰ることか。それとも俺のことが好きだった、てやつか」

「……こ、後者です。その件についてお話があります」

私は意を決し、ゴクンと喉を鳴らす。すると宇部さんも、手にしていたマグカップをすぐ近くにあるローテーブルに置き、真顔で私に向き直る。

「それで？」

宇部さんがソファーの背に腕を乗せ、じっと私を見つめてくる。その綺麗な目に見つめられると、なんともいたたまれない。

——が……頑張れ、私……!!

「私……あの夜、宇部さんに好きだと告白しましたよね？」

「したな」

あっさり返事が返ってきて、ガクッとなりかけた。

「そ……それについてなのですが、私、まだ宇部さんの気持ちを聞いていないことに気がつきまして……」

こう言った途端、宇部さんが私から目を逸らした。

「……すまん」

申し訳なさそうにする宇部さんを見て、もしかして……という気持ちがこみ上げてくる。

「……も、もしや……宇部さん、自分の気持ちを言っていないこと気付いてたんですか⁉ ひどっ！ 私がどれだけ勇気を振り絞って告白したと思ってるんですか……！」

憤りのあまり宇部さんに向かって手を振り上げる。しかしすぐに腕を掴まれ阻止されてしまう。

「ごめん、悪かった。あの夜は碇にどういう返事をするのが一番いいのか、そのことばかり考えていたせいで、気持ちを伝えそびれたんだ」

「どういう返事って……そんなに難しいことじゃないですよ？」

訝しげに宇部さんを見つめる。彼は私の視線から逃れるように、軽く目を伏せた。

「お前、自分があのときなんて言ったか覚えていないのか？ 俺のことが好きだった……て過去形だし、しかもそのあと思い出に……とも言った。ということは、お前は俺に抱かれたいが恋人になりたいわけじゃないのかと。だから余計お前の気持ちが読めなくて、じつはかなり混乱してた。そのことを日曜日に確認しようと思って食事に誘ったんだが、予想以上にお前がスッキリした顔してたから、やっぱり俺と付き合う気はないのかもしれないと思い込んでた」

「……それは……」

宇部さんに指摘され、思わず目線を下げた。確かに彼の言うとおり、あのときの私に宇部さんとお付き合いをしたいという気持ちはなかった。ただ彼との思い出が欲しい。そのことしか考えていなかったから。

スッキリした顔をしていたのは、ただ単に走行会が楽しかったからだと思う。

「だって……宇部さんとお付き合いするとか、絶対無理だって思ってましたし……」

「だから、なんでそういう考えになるんだ？」

ぼそっと漏らした私の言葉に、宇部さんが敏感に反応する。その顔には理解できないとはっきり書いてあった。

「それは……宇部さんには他に好きな女性がいる……と……思っていたので……」

この状況は非常に気まずい。よって私は宇部さんを見ずに自分の手元に視線を落としていたのだが、なぜか目の前の宇部さんから「はあ？」という高い声が出て、ビクッとする。

「他の女性って誰のことだ」

顔を上げると、不機嫌極まりないといった表情の宇部さんがいた。

「誰、って……最近宇部さん、夜その方と会ってたんじゃないんですか？　うちの社員の中に宇部さんとその女性が一緒に歩いてるの見たっていう人がいましたし……」

「夜？　歩いてた？　女性と俺が？」

宇部さんがますますわけがわからない、という顔をする。が、すぐに思い当たることがあったようで、パッと表情が変わった。

「もしかして……塩川さんとの会食の後のことじゃないか」

「塩川さんって、塩川デザインの塩川社長ですか？」

「そう。あのときは塩川さんと俺と、塩川さんの連れの女性と三人で食事をしたんだ。街で見かけた女性ってのはおそらくその女性だよ。食事を終えて塩川社長と別れて、彼女はバスで帰るからって俺が車を停めた駐車場の近くまで一緒に歩いただけだ。ずっと一緒だったわけじゃない」

「……でも、夜予定があるって言ってたのその夜だけじゃなかったですよ」

「あと数回は大学時代の友人が結婚するってんで、数回余興《よきょう》の打ち合わせしてただけだ。仲間の中に衣装を作ってくれる女性が一人いたが、彼女は既婚者だよ」

「ええ⁉　そ、そうだったんですか⁉　そういう事情なら話してくれても……」

「いい年した野郎共が衣装着て踊るんだぞ⁉　恥ずかしくって言えるかこんなこと‼」

——ええ……むしろどんな衣装を着て、なにを踊るのかすごく興味あるんだけど……

耳を赤くしている彼を見ると、事実なのだろうと思う。でもまだ気になることはある。

「でもでも、この前二十六歳の女性と食事に行くって言ってたじゃないですか！　私に店を予約してくれって……」

「二十六は俺の妹だよ！　久しぶりにこっちに来るから、美味い飯を食わせろってせがまれたんで、女性が好みそうな店をお前に頼んで予約入れてもらっただけだ」

一気に捲《まく》し立《た》てた宇部さんを見つめ、私は呆然《ぼうぜん》とする。

「……っ、じゃあ、宇部さんお付き合いしている方は……」

「いない」

「嘘」

「嘘じゃねえわ」

信じない私に苛ついているのか、宇部さんがソファーの背をパチン、と叩く。

「他に好きな女性や付き合っている女性がいたら、いくら頼まれたからって抱いたりしねえよ」

吐き捨てるように言った彼の言葉に、目を見張る。

今の言葉は、どういう意味なのだろう。

「そ……それは、どういう意味で……」

捉え方によっては、とても自分に都合の良い解釈になる。それをわかったうえで宇部さんの返事を待つ。

すると宇部さんが私を見つめ、恥ずかしそうに額を押さえた。

「ここまで言えばわかるだろう。俺が好きなのはお前だよ」

——……え……、あれ……?

幻聴かと思った。

私は両耳を擦り、恐る恐る宇部さんを見る。

「あの、宇部さん……今、好きって……」

「言った」

間髪を容れず返ってきた言葉に、頭の中がパニックになる。嘘だ、そんなことあるわけない――と。

この状況をすぐに受け入れられない。

「嘘、ですっ……‼　だって、これまでそんな素振り全然なかったし！　誘いだって全部断られたし、必ず他の誰かを誘って二人きりにならないようにしてたっぽいのに……それがどうして好きって話になるんですか‼　全然わかりません‼」

「世里奈」

混乱する私の両腕を、宇部さんが掴む。そしてやや強引に視線を合わせてくる。

「ちゃんと説明するから落ち着け。実は……お前のことが好きだと自覚したのはあの夜だ。お前に告白されて、いきなりキスされたあの瞬間に、俺はお前のことが好きなんだとはっきり気がついた」

宇部さんの告白。でもその内容に思わず眉根を寄せた。

「っていうことは、それまでは私のことどう思ってたんですか？」

尋ねた瞬間、宇部さんの視線が気まずそうに泳ぐ。

「大事な部下だと思ってた。それに同郷で同じ高校の後輩だろ。不思議な縁を感じてた。それもあって俺の一存で採用を決めたようなものだから、お前に手を出すことはおろか、女性として意識することもしないようにと、最初から予防線を張っていたところはあったかもしれない」

「予防線？　それは、なぜ……」

「俺が気にいったから採用して手を出したら、周囲の人間がどう思うか想像つくだろ？　うちの役員は私的感情で採用を決めるようなゲスいやつだって。俺が社員なら幻滅する」

まさか宇部さんがそこまで考えていたとは夢にも思わず、彼の本心を知った私はポカンとする。

「……そ、そんなこと……ないですよ。それに、私、新卒採用されて六年も経つんですよ？　誰もゲスいだなんて思うはずが……」

「例え誰も思わなくても、俺が嫌だったんだ。社員には恋愛感情を抱くべきじゃないと思ってたから。そういう考えだったから、これ以上特別な感情を増やしたくなくてお前に誘われても断り続けてた。でも、お前の誘いだけを断っていたわけじゃない。他の女性社員からの誘いも同じように断ってた」

「……そうですか……」

思わず下を向く。

――断られていたのは私だけじゃない。それはいいとして、宇部さん、他の女性社員にも誘われたことあるんだ……

「……でも宇部さん、私の気持ちには気がついてたんでしょう……？」

「好意を抱かれているのは気付いていたけど、それが恋愛感情かどうか、はっきりとはわかっていなかった。だってお前、常にポーカーフェイスであんまり感情を表に出さないから」

「そ、そうだったのですか……」

――なんだ……気づかれていなかったのか……よかった……

そこだけはホッとした。

「そんなお前があの夜はどこか様子がおかしかったから、いつもなら断る食事の誘いを受けたんだ。なにか悩みでもあるのか。あるなら解決してやりたいと思って誘いに乗ったのに、まさかあんなことになるなんて俺も驚いたけどな」

あの夜を思い出してクスッとする宇部さんに、おそるおそる尋ねた。

「それで……じ、自覚したっていうのは……」

「お前が車でラブホに突っ込んだときは正気か、って思った。でも、キスされた瞬間、俺の奥底に押さえ込んでいた感情が一気に噴き出したんだ。いつも側に居て自分のサポートをしてくれる、同郷の後輩であるお前に対して抱いているこの気持ちは恋愛感情だと。……俺はこの手を手放したくない、と」

今、宇部さんが言ったことは本当に彼の口から出た言葉なのか。耳を疑った。

「ほ……本当に……？」

未だ宇部さんに掴まれたままの手が、小さく震える。

「本当だよ。あの夜、お前が初めてだってことを知って尚更愛《いと》しさがこみ上げてきて、感情と欲望を抑えることができなかった。初めてならもっと優しくできたんじゃないかって、眠っているお前を見ていたら罪悪感しか湧かなくて……参った」

「そんな！　あの夜、宇部さんは優しかったです。すごく……」

私が咄嗟にフォローすると、彼は恥ずかしそうに目を伏せる。

「あの夜……お前と別れたあともお前の体が心配で、そのことしか考えられなかった。だから日曜にサーキットにいると知ったときは驚いたし、力が抜けた」

「うっ……ご、ごめんなさい……アパートにいると悶々としちゃうから、つい……」

これは素直に申し訳ないと思い、深々と頭を下げる。

「体がなんともないんだったらいい。だけど、俺とああいうことになったにも関わらず、お前はうちを辞めて地元に帰るって言うしな。ひどいのはどっちだよ」

苦笑いする宇部さんに、私は申し訳なさでいっぱいになる。

――ああ、ごめんなさい宇部さん。そのとおりです……私、狡《ずる》かった……あなたの気持ちを考えないで、自分の気持ちばかり押し通そうとしてました……

「……確かに、私、最初は宇部さんとお付き合いとかまったく考えていませんでした。そもそも宇部さんが自分のことを見ることなんてありえない、って思ってましたし……だから、抱いてもらって嬉しかったんですけど、そこから先のことはなにも考えていなかったんです。本気で実家に帰るつもりでしたし……」

「だから楠木に退職届出したのか」

私はこくりと頷いた。

「……退職届を提出したとき、楠木さんに宇部さんとのことを聞かれて、ようやく宇部さんの気持ちをちゃんと確認していないことに気がついたんです。最初はそのままでいいと思っていたんですけど、楠木さんの奥さんにも後悔しないよう、確認はすべきだって言われて……それで、今日宇部さんをお誘いしたんです。ちゃんと今の宇部さんの気持ちを聞いておこうって……」

「さっきも言ったけど、俺はお前が好きだよ」

宇部さんが私の腕を握る手に力を籠《こ》める。

ここまでくると、さすがに私でもこの状況は嘘や夢じゃないとわかる。

「……じゃあ、私……宇部さんのこと諦めなくてもいいんですか……？」

精一杯声を絞り出す。すると宇部さんに腕を引かれ、彼の胸に飛び込む格好になる。

「当たり前だろ。諦めるなんて言うな。あと、辞めて地元に戻るとかもうナシだからな」

「宇部さ……」

「俺の側にいろよ」

頭の上から振ってきた声に、胸が熱くなる。

高校のときからもう十年以上、この人だけを見てきた。

姿を見られるだけで幸せで、彼が立ち上げた会社に採用されたときは、嬉しくて震えた。それだけでもう満足だってあのときは思ったけど、まさかこういう未来が待ち受けているなんて夢にも思わなかった。

「……っ、はい……」

嬉しくて胸がいっぱいで、目にじわりと涙が溢れ出す。

こんなことがあるのだなあ、と幸せを噛みしめていると宇部さんの腕が私の体に絡みつく。

「世里奈」

彼の美声がすぐ近くで聞こえ、幸せでなにも言葉を発することができない。

私も脇から手を差し込み、彼の背中に手を添えた。意外にもドキドキと早鐘を打つこの心臓の音は、宇部さんのものだろうか。

――宇部さんもドキドキしてる……？

抱き合ってどれくらい経っただろうか。私の頭のすぐ上で、宇部さんがゴクンと喉を鳴らしたのがわかった。

「せ……」

宇部さんがなにかを言おうとしたそのとき、部屋の中にピンポーン、とチャイムが鳴り響いた。

虚を衝《つ》かれた宇部さんと私はビクッとし、体を離した。

「……やべ。ピザだ」

「そ、そうでしたね」

話に夢中になりすぎて、すっかりピザのことが頭から抜け落ちていた。

宇部さんがインターホンで配達員の方とやり取りしオートロックを解除すると、玄関へ向かった。その間私は深呼吸を繰り返し、どうにか気持ちを落ち着けようと必死だった。

――今、すんごく……甘ーい雰囲気だったよね……？

宇部さんからあんなに優しく、慈しむように名前を呼ばれるなんて初めてで、それだけでもう、居ても立ってもいられない。しかも顔が超熱い。今、私どんな顔してるんだろう。

気になって部屋の中に鏡がないかキョロキョロしていると、手にピザの箱を持った宇部さんが戻ってきた。

「ピザ来たぞ。食おうぜ」

ソファーの前にあるローテーブルの上に箱を置くと、宇部さんは冷蔵庫から持ってきたペットボトル入りの緑茶をコップに注いで、手渡してくれた。

「ありがとうございます」

「じゃあ、お前に卵を崩す権利をやろう」

箱を開けながら宇部さんが微笑む。こんな風に笑顔で、一緒に同じピザを食べる日が来るなんて。

顔は笑顔だが、心の中は感動して大号泣だった。

「はい。では、僭越《せんえつ》ながら……」

フォークで卵を崩した瞬間は、宇部さんと顔を見合わせて微笑み合った。それは、これまで経験したことがないくらい幸せな時間だった。


ピザを食べ終え、宇部さんと二人で後片付けを済ませた。コップの水滴一つ見逃すことなく綺麗に拭き上げ時計を見ると、もう二十一時を過ぎていた。

「それじゃあ私、そろそろお暇《いとま》しますね、明日も仕事ですし……」

肩にバッグを引っかけながら、未だキッチンにいる宇部さんに声をかける。しかし、それを聞いた宇部さんの顔が不満げに歪んだので、戸惑いでその場から動けなくなる。

「えっ⁉　なんで怒って……⁉　私、なにか変なこと言いました……？」

「変なことは言ってない。だけど、俺の今の気持ちをまったく考えてないだろ、お前」

「宇部さんの気持ち……ですか？」

タオルで手を拭き、こっちに歩いてくる宇部さんを見つめながら、必死で考える。でも、なにも浮かんでこない。

「すみません、私、ちょっとよくわからな……」

ここまで言ったところで、宇部さんに抱きしめられてしまう。

「帰るなよ。まだここにいろよ」

「……‼」

——う、そっ……‼　宇部さんが、こんな……

声だけでも威力半端ないのに、ここにいろ、だなんて爆発的な殺し文句。そんなものを食らってしまったら腰の力が抜けてしまい、立っていることすら難しい。

現実、私は彼の腕による支えがないと、既に立っていられない。

「い、いてもいいんでしょうか、私……」

「いいに決まってるだろ。お前は俺の……って、まだ言ってなかったな」

「なにをですか？」

キョトンとしながら聞き返すと、宇部さんは私から一旦離れ、じっと目を見つめてくる。

「世里奈。俺の恋人になるか？」

夢みたいな嘘のような言葉が彼の口から紡《つむ》がれる。その途端、ふわっとした不思議な感覚に襲われつつも、私はしっかり彼の目を見ながら頷いた。

「なります。私、宇部さんの恋人になりたい、です」

「なれよ」

宇部さんが一瞬、口元に笑みを浮かべたのがわかった。でも、その後のことはわからない。なぜかといえば、すぐに彼の綺麗な顔が迫ってきて、唇を塞がれてしまったから。

「ん……」

あの夜から何度も思い出した感触が、今、私の唇に重なっている。柔らかくて、少しだけかさついた宇部さんの唇が、そっと触れては離れる、を繰り返す。

——宇部さん……、大好き……‼

離れるたび熱い吐息が口元を掠める。そして徐々にキスは変化し、今度は角度を変え深く口づけられる。

「……ん、う……」

頬を両手で挟まれ、宇部さんの舌が私の口腔に差し込まれた。私もそれに応え自分の舌を絡め、宇部さんを余すところなく味わいたくて必死だった。

はっきりいって、キスもセックスと同じくらい、私にとってはドキドキする行為だ。

その証拠にさっきから私の心臓は、皮膚を突き破って出てくるんじゃないかってくらい、力強く脈打っている。

「世里奈……」

呼ばれてすぐ、お腹の奥の方がキュンと疼く。

名前を呼ばれるだけでこんなに宇部さんを欲してしまう自分の体に、内心苦笑せずにはいられなかった。

──私、どんだけ宇部さんのこと好きなんだろう……

彼に触れられるだけで、身も心も蕩けてしまう。これが、本当の恋愛というもの──

ずっと自分には無縁だと思っていたのに、いざこういうことになると、恋愛の凄《すご》さを感じてひれ伏したくなる。

キスは、思いのほか長かった。多分、時間にしたら二、三分のことなのに、永遠のように長く感じた。

宇部さんが唇を離したころ、私の顔はすっかり上気していて、おそらく真っ赤だったと思う。

私の顔を見て、宇部さんの目尻が下がる。

「可愛いなあ、世里奈」

しみじみと言われて、返す言葉に困り下を向いていたら、宇部さんに腕を掴まれた。

「おいで」

「え、あ」

腕を引かれるままリビングを出て、連れてこられたのは寝室だった。ダークな色合いのベッドカバーとシーツが目に入り、いかにも男性の寝室といった感じだと咄嗟に思った。

本当はもっとしっかり観察したいのに、部屋の真ん中にドン！　と鎮座するベッドを見たら、これからすることが容易に想像できて、体が硬直した。

――っ、……せっ……‼

キスをしているときに跳ねまくっていた心臓が、再び大きく脈打ち始める。

「はい、世里奈。ここに座る」

先にベッドに腰を下ろした宇部さんが、自分の隣をポンポンと叩く。素直に従い、腰を下ろすと、すぐ肩を掴まれ、ベッドに押し倒されてしまった。

かなりスプリングの効いたベッドらしく、バフっ、と自分の体が弾む。

「……いい？」

私の手首をベッドに縫い止め、宇部さんがこう尋ねる。それに無言で頷くと、彼は私の首筋に唇を当て、チュッと音を立てて吸い上げた。

「んっ！」

唇が触れている首もだけど、宇部さんの意外と柔らかい髪が私の頬に触れるせいで、どうにもくすぐったい。

「……く、くすぐった……」

肩をグッと縮こめてくすぐったさを堪えていると、首筋から顔を上げた宇部さんがクスッとする。

「くすぐったいのか」

「はい……」

「でもやめないけどな」

宇部さんの笑顔が迫ってきて、ついぎゅっと目を瞑る。キスされるのかと思って身構えていたらそうではなく、宇部さんの唇が私の耳に触れた。

その瞬間ビクッと肩が震えてしまうくらい、耳への愛撫《あいぶ》は私を敏感にさせる。耳朶《じだ》を食《は》まれて腰が震え、舌を耳介に差し込まれると、キュンキュンと子宮が疼き口からは嬌声が漏れる。

「あっ……!!」

耳を愛撫され、声を出さずにいることはできなかった。

「可愛い声が出てるぞ」

どこか嬉しそうにも聞こえる宇部さんの声。その吐息が耳に触れるだけで、私の下腹部はとろとろだ。この人に抱きしめられたい。この人と心も体も繋がりたい。そう、体が訴えているようだった。

「……だって……気持ち、いいから……っ」

「そうか。だったらもっと気持ち良くしてやる」

耳元でこう囁かれ、腰がゾクッと震えた。

そして宇部さんは宣言通り、すぐに首筋へのキスを止め、胸を愛撫し始めた。

「んっ……」

服の上から乳房を掴まれ、ゆっくりと揉まれる。指の先は的確に中心を捉え、そこを重点的になぞり刺激を与えてくる。

「……あっ……は……あ……」

布越しに胸の先を愛撫され、呼吸はどんどん荒くなる。気持ちいい。だけどどこかもどかしい。いっそのこと、直接触ってほしい。

口では言えないけど、頭の中はこんな願望でいっぱいだった。

「腰が動いてる……気持ちいいか」

耳のすぐ横でこう囁かれ、思わず両手で口を押さえたまま、コクコク頷く。

それからすぐ、宇部さんが私の服の裾を掴んだのがわかった。

「これ、脱がせていいか」

「……はい」

私が小さな声で返事をすると、宇部さんは掴んでいた服の裾を一気に頭の方へもってくる。インナーに着ていたキャミソールも脱がされ、上半身がブラジャー一枚だけになった。

服をベッドの下に落としたあと、宇部さんは私の上半身を無言で見つめていた。

「ブラ、可愛いな」

「えっ」

まさか宇部さんからブラジャーの感想がもらえるとは思わなかった。ちなみに今日身につけていたのは、濃いめのブルーに白いレースをちりばめてあるお気に入りのブラジャーだ。

「そうなんです、これ気に入ってて」

「お前によく似合ってる。でも、脱がすけどな」

クスクス笑いながら、宇部さんが背中に手を回しあっけなくブラジャーが外される。

「俺はブラジャーよりも、中身が好きだ」

宇部さんがこう言いながら上体を寝かせ、私の乳房に顔を近づける。くっついてしまいそうな位置までくると、舌を出しチロチロと乳房の先端を嬲り始めた。

「あっ……」

思い切り舐めてしゃぶられるのも腰が跳ねるくらい感じる。しかし、こうやって触れるか触れないかの位置で軽く触れられるのは、そこに意識が集中しているせいか、余計に感じてしまうように思う。

舌のざらりとした質感のせいもあるかもしれない。そんなことを思いながら、シーツをぎゅっと掴み、宇部さんの舌の動きを全身で感じる。最初は胸の先の、頂点の辺りばかりを嬲っていた宇部さんは、だんだん舐める範囲を広げ、気がついたら乳首全体を咥《くわ》え、口の中で先端をしゃぶっていた。

「ン……ッ‼　や、ああ、それっ……‼」

まるで飴玉《あめだま》を口の中で転がすように、乳首を上から、横から縦横無尽に嬲られる。それは私に大きな快感を与え、シーツを掴んだくらいではこの感覚を逃がすことは不可能だった。

「あ、あ、あ……ッ！　ダメ、それ……っおかしくなっちゃ……ッ」

「いいんだよ。おかしくなれ」

乳首への愛撫を止めた宇部さんが、ぼそりとこう言い放つ。そして今度は、もう片方の乳首を口に含み、今まで舌で嬲っていた乳首を指で摘まんだ。急に襲ってきたこれまでと違う刺激に、勝手に背中が反ってしまう。

「あんっ！　や、あっ……」

「世里奈、可愛い。もっと声聞かせて」

「――っ、や、です……」

「どうして。俺が可愛いって言ってんのに？」

「だから、です……っ、あ、あっ……またっ……‼」

再び乳首を口に含まれる。今度は舐めるだけでなく唇で挟まれ、強く吸い上げられてしまう。

――ん、んっ……‼

激しい快感が体中を駆け巡った。もう目を開けていることすらできず、私は呼吸を荒くしながら彼の愛撫に酔いしれた。

私の胸に触れる手は、大好きな宇部さんのもの。触れる舌も宇部さんのもの。それを感じながら、体を左右に捩っていると、穿《は》いていたスカートの締め付けがなくなり、腰回りが楽になる。

ハッとして目を開けたら、宇部さんがスカートのホックを外しているところだった。

「下、触るぞ」

「……は、い……」

小さな声で返事をした。しかし、それよりも前に宇部さんの手はショーツの中に入っていたように思う。

「ん……っ」

――濡れてるのがバレちゃう……っ

繁みを一撫でし、彼の指が蜜口に触れる。多分、彼は触れた瞬間そこがすっかり潤っていることに気がついたのだろう。すぐにスカートとショーツを掴み、一気に脚から引き抜いた。

「お前のここ、すげえ濡れて……すごいな、ぐちょぐちょ……」

彼の呟きが聞こえた瞬間、恥ずかしさで顔が熱くなる。宇部さんと目を合わせることができない。

「……っ、ごめんなさいっ……私……」

咄嗟に両手で顔を覆い、宇部さんからの視線をシャットアウトする。だけど宇部さんは、そんな私を軽やかに笑い飛ばす。

「謝ることじゃないだろ。こんなになってくれて、俺は嬉しいよ」

どことなく弾んだような、宇部さんの声。

嬉しいと言われれば私だって嬉しい。少し胸の辺りがふわふわしてきたとき、宇部さんに太股《ふともも》を掴まれた。

そして彼はそのまま私の股間に顔をくっつけ、蜜口からその上の辺りを舐め始める。

「いやあ……っ、それだめ、だめっ……!!」

顔を手で覆いながら、イヤイヤと頭を振る。

だけど体は正直で、舌で花心を舐《ねぶ》られるとすぐに蜜が溢れ出す。それを宇部さんに舐め取られ、そのたびに体が震えるほどの快感を与えられて、また感じて。

無限ループのように快感が押し寄せてくるこの状況に、頭がおかしくなってしまいそうだった。

――もう……だめ……また、アレがくる……!!

この前初めて経験した、絶頂というもの。それが体の奥から徐々にせり上がってくる。

「宇部さんっ……、私、イッちゃうからっ……、もう……」

私の股間にある宇部さんの頭を手で押さえながら、やんわり止めてほしいと訴える。

「……俺に遠慮しないでイっていいぞ。ていうか、お前をイかせるためにやってるんだよ」

一瞬だけ顔を上げ、小声でこう言った宇部さんに、私は言葉を失う。

再び蜜口の上に舌を這わせた宇部さんが、ひときわ強く花心を吸い上げた。その大きな刺激は高まりつつあった快感を、いともあっさり頂点まで引き上げてしまう。

「あっ、あ、きちゃうっ……、あ、あああっ――……!!」

宇部さんの頭に手を置いたまま、私は大きく背中を撓《しな》らせながら絶頂を迎えた。

足先をピンと伸ばしたあと、ガクガクと体が震え、一気に脱力する。

「あっ……は……はあっ……」

枕に頭を預け呼吸を整えてから宇部さんを見れば、私の足下で膝立ちになり、上半身の服を脱いでいた。

服を床に落とした音と同時に、半裸の宇部さんが私に覆い被さった。

「早くお前の中に入りたいんだけど……いいか」

少し恥ずかしそうに口元を歪める宇部さんは、いつも以上にイケメンに見える。

「……宇部さん、今日……格好いいですね」

褒めたら、変な顔をされた。

「答えになってねえ。けど……まあいいか。肯定とみなす」

クスッと一笑いしてから、彼はベルトを外しスラックスとショーツを脱いだ。固くなった剛直に避妊具を装着すると、私の蜜口にあてがった。

「挿れるぞ」

「はい……」

蜜口でじゅうぶんに蜜を纏わせた剛直は、なんの引っかかりもなく私のナカを埋めていく。

「あ……あ、んッ……」

痛くはないけど、思わず息を呑んでしまうほどの圧倒的な存在感に呼吸すら忘れる。背中を反らせて彼を受け入れると、それはあっという間に私の最奥に到達する。

「んっ……あ……、はあっ……」

思わずぎゅっと目を瞑り、私の横で体を支えている彼の腕を掴んだ。

「やば……お前、締めすぎ……」

目を開けた私の視界に飛び込んできたのは、苦しそうにも恍惚《こうこつ》としているようにも見える宇部さんの顔。

彼の表情を見ているだけで少女のようにキュンとしてしまう。そんな自分が少し、可笑《おか》しかった。

——だってこんな宇部さんは恋人しか見ることができないはず。それを見ている私は、間違いなく宇部さんの恋人という証なのだから……

じわじわと悦びが溢れてきて、たまらず彼にしがみついた。

「宇部さん……好き……」

「うん。俺も好きだ」

「好き……大好き……」

「俺も。それとせっかくだから、名前で呼んでみな」

宇部さんが膣口の際、浅いところを何度も擦りつけながら、吐息混じりに言った。

名前。十年以上ずっと好きだった人の名前を口にする。

「……ふ、史哉さん……」

「そうだ」

呼んだ瞬間ニコッと笑った宇部さんを目の当たりにしたら、なぜだか涙が溢れ出した。

「世里奈が好きだ」

「……っ」

「世里奈」

背中に回していた手を宇部さんの首の方へもっていく。そのまま、頭を掻《か》き抱《いだ》くようにして、私は彼の唇に自分のそれを重ねた。

幸せで幸せで、言葉にならない。

「……っ、は……あ……」

深く、互いの唾液を交換するような艶めかしいキスを繰り返したあと、宇部さんが短いスパンで私を突き上げてくる。

自分と彼が深いところで繋がっている。これってなんて幸せなことなのだろう。そう思ったら、なぜか以前抱かれたときよりも大きな幸福感に襲われた。

「あっ、あんっ……ふみ、やっ……‼」

穿《うが》たれるたびに揺れる乳房を掴まれ、大きな手のひらで揉まれる。荒々しい手つきと、彼の手のひらで擦れる乳首からの刺激に、腰が揺れて止まらない。

「ん、んっ……やあっ……」

「ん？　なんだ、ここを触られるのはいやなのか？」

ちょっとだけ意地悪な声音と表情に、いつもの宇部さんだ、と頭のどこかで思った。

「……っ、いやじゃ、ないっ……きもち、いいっ……」

イヤイヤと頭を振ると、なぜか宇部さんが嬉しそうに頬を緩めた。それと同時に、私のナカにいる彼の質量が増したような気がして、驚いてしまう。

「え……？　な……なんで、急におっきく……」

「……っ、は……素直な世里奈は、可愛いな」

たまんねえ、という呟きが聞こえたのとほぼ同時に、宇部さんの腰の動きが早まった。

激しい突き上げに思考が追いつかず、彼の腕をぎゅっと掴んで悶えた。

「あ……っ、あ、あ……、やだ、そんなにされたら……壊れちゃうっ……」

腰がぶつかり合う音が大きくなり、感覚が短くなる。それに伴って、私の思考もだんだん薄れてくる。

「……うべ、さんっ……私、もうっ……」

さっきイッたばかりなのに、また⁉　と思っていると、苦しげな表情の宇部さんに気付く。

今、宇部さんは私とのセックスでこんな顔をしている。その事実に、幸せが溢れた。

「世里奈……っ、は……悪い、あんまりもたな……」

よりいっそう苦しそうな声が聞こえ、反射的に頷く。

「んっ、あ……いい、ですっ……イッてくだ……っ、あ……‼」

私も達してしまいそう。そう思って反射的に目を閉じた。思ったとおりすぐにやってきた絶頂に足先を伸ばし脱力すると、すぐに目の前の宇部さんから声が漏れた。

「くっ……あ………‼」

短く呻《うめ》くと、宇部さんが目を閉じ天を仰ぐ。そしてそのまま、強めに奥を穿ち体を震わせた。

そのあと私に覆い被さってきたこの重みは、幸せの重み。

――幸せだな……

彼の背中に手を回し汗ばんだ素肌を撫でていると、私の肩口に顔を突っ込んでいた宇部さんにチュッと唇を吸われた。

その動きの俊敏《しゅんびん》さに驚いていると、ニヤッとされる。

「なに目丸くしてんだ。可愛いな」

「だ……だって、急だったから……」

「仕方ないだろ。世里奈が可愛い顔してるのが悪い」

宇部さんが体を起こし、私から自身を引き抜く。避妊具の処理を済ませた彼は、ボクサーショーツ一枚だけを身につけ立ち上がった。

「水持ってくるから、そのまま待ってろ」

「はい……」

彼が寝室を出て行ったことで緊張感が緩む。一度大きく息を吐き出し、私はゆっくり体を起こした。

今の今まで、彼に愛されていた。

その証拠が、たまたま視線を落とした胸の辺りに残されていて、ドキッとする。

――赤い痕……ここを、宇部さんが……

しかもさっき初めて彼の名前を口にした。これまでみたいに宇部さんじゃなく、史哉、と。

――……っ、私、彼女なんだなあ……宇部さんの……じゃなくて、史哉さんの……

彼女っていい響きだな……なんてうっとりしていると、手にペットボトルを持った宇部さんが戻ってきた。

「ほら」

「ありがとうございます……いただきます……」

そろそろと手を伸ばし、宇部さんからペットボトルを受け取る。そのまま宇部さんの顔を見上げると、なぜか不満げだった。

「え？　宇部さん、なんか怒ってます……？」

「いい加減その敬語やめない？　なんか、ずっと仕事してるような気になって仕方がねえんだけど」

蓋を開けながら、えっ、と不安になった。

べつに上司だからと意識しているわけでもなく、もはや彼を前にすると自然にこういう口調になる。

はっきり言って私にとってみれば刷り込みのようなものだ。

それを止めろと言われ、困惑してしまう。

「け、敬語を止める……？　そんなことしていいんでしょうか」

オロオロしている私に呆れたような視線を送りながら、宇部さんがベッドの端に腰を下ろす。

「当たり前だろうが。二人でいるときくらい、気なんか遣うな」

「そういうものですか……わかりました、じゃあ、二人でいるときだけは敬語を止めさせていただきます」

いただいた水をペットボトルから直接喉に流し込み、口を手で拭う。飲み終えたペットボトルをどこに置こうか考えていたら、宇部さんに取り上げられた。

「疲れたか」

彼はこう言って、手にしたペットボトルの蓋を開け、ごくごくと喉を鳴らしながら水を飲んだ。

「いえ……あっ。う、ううん……疲れてない……っす」

敬語にならないように無理矢理語尾を変えたら、なんか体育会系な返事になってしまい、宇部さんが噴き出した。

「……なんだ、その返事……」

「やっぱり急に敬語止めるのは難しいです……もう染みついてるんで、これ」

「まあ、追々でいいよ。でも敬語を使わないお前は新鮮でいいな。なんか、俺だけっていう特別な感じがする」

「そう……なのかな」

「そうだよ。世里奈みたいな女性に特別扱いしてもらえるなら、男はみんな喜ぶさ」

水を飲み終えた宇部さんは、ペットボトルをヘッドボードとマットレスの境目に置き、私を見る。

私の頭の中は、今宇部さんが言ったことでいっぱいになった。

「それはどういう意味……なの？」

無理矢理敬語にならないようにしているせいか、どうも喋《しゃべ》り方《かた》が変になってしまう。だけど、宇部さんはそこら辺は敢《あ》えて触れず、ベッドに上がって私の隣に寝そべった。

「わからないならそのままでいい。でも、お前は自分で思っているよりずっといい女だよ。少なくとも、うちの男性社員は皆そのことに気付いてると思うけど」

「……え？　私が、いい女……!?」

たった今宇部さんに言われたばかりの言葉が信じられず、私は目を丸くした。

――え？　え？　それってどういう意味なのだろう。いい女って……いい女……？

「なんか悩んでるみたいだけど、そのまま受け取れよ」

「でも、私、これまでの人生でモテたことなんかないのに。自分でもいい女だなんて思ったことは一度もないし……」

苦笑している宇部さんに、自分の本心を打ち明ける。

実際これまでの人生、可愛いと言われたことなんかほとんどない。子供の頃からずっと周りよりも頭一つ背が高かったから、小学生のときは「大女《おおおんな》」とあだ名をつけられてからかわれた。

そんなことばかり続いたせいか、物心ついたころには自分に対する自信など、ほとんどなくなっていた。

だから宇部さんのことが好きでも、いつまでたっても告白をしようという気が起きなかったのかもしれない。

こんな大女、宇部さんが好きになってくれるはずがない。絶対に無理。だったらずっと告白しないまま、側にいるほうがいい——と。

そういう考えが常に私の中にあったような気がする。

「なんで自分に自信がないのかはわからないが、お前、自分のスタイルの良さに気がついてないのか？」

「……え？」

宇部さんが上体を起こし、ベッドに頬杖《ほおづえ》を突いて私を見つめてくる。

「そうだ。身長が百七十あって、足が長くて細身。だけど出るところはしっかり出てるだろ」

「……出て、ます……？」

薄手の羽毛布団に包《くる》まっている自分の体を見下ろす。

胸は周囲のお肉を集めてようやくＤカップを形成しているものの、お尻の形がいいとは思っていない。確かに足だけは長いかもしれないけど、長い足が好きな男の人なんかいないと思っていた。

「新入社員の若い男が、うちに入ってすぐお前を見て顔を赤らめて固まってる姿を俺は何度も見てる。それだけ、お前は男の目を引く存在なんだよ」

「ええ？　あれってそういう意味だったの……？」

確かに新入社員の男の子が私を見て固まってたことはあった。でもそれは、きっと私が大きいから、威圧感みたいなのを感じてるのだろうと思い込んでいた。そうではなかったのか。

「でも……モテませんよ、私……」

「それはあれだ、絶対男いるだろうって思われてんだよ」

「う……嘘だあ」

「嘘じゃねえ。実際俺もそう思ってたよ」

「……‼」

——宇部さん一筋なのに……‼

地味にショックを受けた。

すると申し訳ないと思ったのか、宇部さんが私の頭を引き寄せた。

「ごめんって。でも、それだけ、お前はいい女なんだよ。だから……」

そこまで言いかけて、なぜか宇部さんが口を噤む。

「……だから、なに？」

「いや、なんでもない。たいしたことじゃないから」

とくに気に留めることもなく納得していると、頭の中にフワリとある疑問が浮かんでくる。

「そういえば、宇部さんって私のどこを好きになってくれたの……？　まだ理由聞いてない……よね？」

質問した途端、すぐ目の前にある宇部さんの口元が微妙に歪み出す。

「言わなきゃダメか」

「ダメ」

これに関しては譲れない。私がはっきり言うと、彼は観念したように白状した。

「……仕事の合間に見せる、ちょっとした笑顔……かな」

「は？」

そんな風に言われてもあまりピンとこない。

私がキョトンとしていたせいか、宇部さんの表情が曇る。この件をあまり掘り下げたくないのに、という気持ちがありありと顔に出ている。

「だから……さっきも言ったけど世里奈って、普段ポーカーフェイスで、あんまり感情を表に出さないだろ？　そんなお前にふとした瞬間微笑まれると、ギャップにやられるんだよ」

「……ギャップ……」

思わず頬を手で押さえながら考え込む。

確かに秘書という仕事をしているときは、意識して感情を顔に出さないようにしている。でも別に笑わないと頑《かたく》なに決めていたわけじゃない。だからたまに笑うことはもちろんある。

「最初にそれをやられたときは衝撃的だった。あ、こいつ笑うとこんな感じなんだって。もちろんもともと顔が綺麗なのは知ってたけど、笑顔は可愛いんだなって発見して……嬉しくなった」

「えっ……」

――笑顔が……可愛い……⁉

宇部さんはそのときのことを思い出し、微笑んでいた。

「でもお前、やっぱりあんまり笑わないから、笑顔を見られること自体がレアだったけどな……お前のことが好きだって自覚して、自分でもお前を意識するきっかけはどこだったかって考えたら、やっぱりそれかなと」

「じゃあ、好きになったのは顔……ってこと？」

素直にそう思ったので口にしたら、宇部さんが困り顔になる。

「言い方がよくないぞ……もちろんそれだけじゃないさ。俺だけじゃなく楠木や多田にも同じように尽くしてくれてる。お前は、相手が役員だろうと従業員だろうと態度が一貫していて崩れない。そういう姿勢が格好いいと思ってた。それにお前って人の悪口も言わないしな」

こんなに褒められたのは、人生で初めてではないだろうか。言われ慣れていないから、どうしても照れてしまう。

「――……っ、やめて、ください……照れます……」

居たたまれなくて顔を押さえていると、すかさず「ほら、また敬語」と笑われた。

言おうと思ってないのに、咄嗟のときは勝手に敬語が出てしまう。やはりこの習慣はそう簡単に直せそうもない。

「すみません……やっぱりそう簡単には無理です……」

「なるべく早く慣れるように」

宇部さんがこう言って、私の頭を自分の胸元に抱え込むようにして、抱きしめてきた。

彼の素肌に顔を押しつける格好になってしまった。素肌の感触にドキッとして、今の今まで落ち着いていた心臓が、また大きく跳ね出した。

「頑張ります……」

「楽しみにしてる」

私の額にかかっていた髪を指でどけ、露出した額に宇部さんの唇が押しつけられる。

「世里奈」

いつも仕事で「碇」と名前を呼ばれるのとは全然違う。甘くて優しい声が、自分は特別なんだという実感を湧かせてくれる。

——嬉しい……本当に本当に、私、今、人生で最高に幸せだ……

宇部さんの胸元にぴったり寄り添いながら、私は目一杯幸福を噛みしめた。

そしてこの後、何度か宇部さんに抱かれ、精も根も尽き果てた私は、いつの間にか眠りについていたのだった。

第六章　恋人がいる生活とは

「……です。それとインテリアNの能見《のうみ》社長との会食ですが、明後日の夜七時からとなりましたので、よろしくお願いいたします」

「あー、能見社長久しぶりだな。承知した」

「私からは以上になります」

タブレットから顔を上げると、デスクに肘をつきこっちを見ている宇部さんがいた。その目は私になにかを訴えかけているようだ。

「あの、なにか……？」

視線に戸惑いつつ、念のため確認をする。

宇部さんは一旦視線を上方に投げてから、再び私の目を見つめた。

「いや、別に。ていうか、あんなに情熱的に愛し合ってから数時間しか経ってないのに、もうちゃんと秘書の碇に戻ってるんだなって。改めてお前の切り替え上手なところに惚《ほ》れ惚《ぼ》れしてたところだ」

「ちょっ……!!!　な、なんてことを……!!」

宇部さんのとんでもない呟きにギョッとして、思わず執務室内を見回してしまった。十畳あるかないかの空間に、私と宇部さんの他は誰もいるはずなどないのに。

それに、私だって決して切り替えが上手《うま》いわけではない。こう見えて、必死なのだ。

「……ちっともうまくなんかないです。せめて会社ではいつもどおりに振る舞わなくては、と頭の中はそのことしか考えていません」

「ご苦労様。でも、二人きりのときはいいぞ、気を抜いてくれて」

「そうしたいのはやまやまなのですが、逆に気持ちの切り替えが難しいんです。それならば、今までどおりにしていた方が私としてはやりやすいのです」

「そういうものかね」

どこか納得がいかない。そんな様子で私を見ている宇部さんに、私は「そういうものです」と返し、深々と一礼した。

「では、失礼致します」

これまでと変わらぬ【秘書・碇】らしい振る舞いで執務室を去ろうとする。しかし、いきなり背後から「世里奈」と名前を呼ばれて、ビクッと肩が跳ねてしまう。

恐る恐る振り返ると、私を見て微笑みながら、ひらひらと手を振っている宇部さんがいた。

「帰ったら連絡する」

「はい……では、失礼します」

素早く一礼し、宇部さんを見ないようにして素早く振り返り、執務室を出た。

周囲に誰もいないことを確認してから、ようやく大きく息を吐き出すことができた。

――もうっ……仕事中は【秘書・碇】でいたいのに……っ、宇部さんってば……‼

胸に手を当て呼吸を整えてから歩き出し、自分の席に着いた。

今朝、彼のマンションから私のアパートまで車で送ってもらっている途中、今後の会社でのことについて軽いバトルになった。

『俺はどっちかというと、社員にあれこれ詮索されるくらいなら全部事実を明かした方がいいと思うけど』

という考えの宇部さんに対し、私の考えは違っていた。

『全部明かすのは、ちょっと……宇部さんの執務室で二人きりのときとか、なにをしているんだろうと変に詮索されたりするのは……困ります』

私の考えを聞いた宇部さんは、そんなことないだろと呆れていたようだった。

『執務室でナニをするっていうんだ。それはさすがに考えすぎだろ』

『そんなことないです、付き合ってる二人が密室で……なんて、皆勝手に色々想像するものです。私は、お仕事とプライベートはきっちり分けたいと考えてるので』

『その考えはもっともだが、別に愛人とかじゃないんだからもっと堂々としたっていいはずだ。正式に恋人だと紹介するのであれば、変に勘ぐられたりなどしないだろう？』

『それは、そうかもしれませんけど……えっ？　正式な恋人……⁉　そ、それはもしや……』

そのワードに、思わず私の動きが止まる。

――せ、正式に恋人って……そんな風に言われたら照れるんですけど……はっ、もしかして宇部さん、私との結婚も考えてくれているのかしら……

ぶわわわと一気に胸が熱くなってくるが、以前ネットか雑誌で目にした男性の本音というものを思い出し、ふるふると心の中で頭を横に振った。

――ダメだダメだ……!!　付き合いだしてすぐに結婚を持ち出されると、男性は【重い】と感じるらしいし……こんなこと思ってても口に出してはいけない……!!

いろいろ聞きたいのをグッと堪え、それでも、と考えを押し通す。

『でも、やっぱり……まだ付き合い始めたばかりなので、皆に公表するのは待ってください！　せめて、半年とか……』

『半年い？　毎日のように顔合わせるのに、半年も誤魔化さなきゃいけないのか？　それはいくらなんでも長過ぎじゃないか？』

運転席から無理だ、という視線が飛んできた。そんなリアクションをされると、そうなのかなと不安になる。その結果、折衷《せっちゅう》案の三ヶ月で手を打った。

『三ヶ月だな？　じゃあ、今日から三ヶ月後。俺はお前とのことを社員に公《おおやけ》にするから、承知しておけよ』

宇部さんに宣言され、私は助手席で素直に頷いた――というのが、朝の出来事だ。

椅子に腰を下ろし、さっき淹れたばかりの緑茶を飲みながら、気持ちを落ち着ける。

なんせ今日は宇部さんと恋人になって初めて迎える出勤日なのだ。意識して普通に振る舞わないと、絶対すぐにボロが出て、周囲に変だと思われてしまう。なので今日はとにかく。

――いつも以上に気を引き締めよう。

お茶が入ったマグカップをコースターの上に置き、パソコンの画面にかじりついた。


この日の午後。指定された時間の十分前に一階のエントランス付近でお客様をお待ちしていると、指定時間になる前にお客様がやってきた。

「やあ、碇さん！　お元気そうでなによりです」

「塩川社長、いつもお世話になっております。本日はわざわざお越しいただきありがとうございます」

深々一礼して姿勢を直すと、塩川社長が笑顔で私を見下ろしていた。

「いやあ……今日もお美しいですね、碇さん」

「またですか塩川社長……お世辞は結構ですと何度も申し上げてるのに……」

私がクスッとすると、塩川社長がなぜか照れたように視線を泳がせる。

ははは、と軽やかに笑う塩川社長は三十代半ばで独身。パンプスを履いて百七十五センチ近くある私よりも若干目線が上で、おそらく身長は百八十センチ近くある。

「困ったな、お世辞じゃないんだけど。これは私の本心ですよ。どう言ったらわかってもらえるのか……」

普段はTシャツにデニムだったり、チノパンなどのカジュアルスタイルにジャケットを羽織っていることが多い塩川社長だが、今日はスーツでかっちり纏めている。髪もいつもはなにも手を加えていない印象だったのだが、今日は整髪料を使いしっかりとセットされ、いつもとは違いどことなく固い印象だ。

顔立ちはわりと幼くて、年齢よりだいぶ若く見られることが多いという塩川社長は、うちのホームページのデザインをお願いしているＷｅｂデザイナーである。

会社を立ち上げてから数年後ホームページを一新する際、楠木さんが知り合いから紹介された塩川社長にお任せしたところ、想像以上に良いものができて評判も上々。それ以来うちとは懇意にしているのだ。

今日は広報担当の社員との打ち合わせで来訪されたのだが、なぜか塩川社長から「出迎えは碇さんでお願いします」と冗談なのか本気なのかよくわからない指定を頂いたので、こうして私が出迎えにはせ参じたのである。

「こちらでお待ちいただけますか？　担当者がすぐに参りますので」

エントランスの脇にあるカフェに塩川社長を案内し、担当者が来るまでお相手をすることに。

一人掛けのソファーに向かい合わせで腰を下ろすと、社長がじっとこちらを覗ってくる。その視線がいつもより熱を帯びているような気がして、どうにも視線の遣り場に困る。

――うーん、なんだろう。今日の塩川社長、ちょっと様子が違う……？

困惑しつつ、意識して愛想笑いを崩さないように気を引き締める。

この塩川社長、このところ会う度に私を食事に誘ってくれる。最初は冗談か、社交辞令なのだろうと信じて疑わなかったのであまり気にしていなかったのだが、最近はどうも本気で言ってるっぽいことがわかり、私も対応に困っているところなのだ。

でも宇部さんをはじめうちの役員達ともわりと親しくしているようだし、はっきりと拒絶して気分を損ねるようなことはしたくない。だから今日も出迎えに指定されている、と担当者から聞いた時は正直どうしようか悩んだが、これも仕事のうちと割り切った。

「あの、塩川社長。お飲み物はなにに致しましょうか」

テーブルに置いてあったメニューを見せると、じゃあコーヒーを、と返事が返ってきた。

カフェのスタッフに声を掛けコーヒーをお願いし、再び社長と向き合うと、私が口を開く前にあちらから声がかかる。

「碇さん、最近美しさに磨きがかかったような気がするのですが……なにかありました？」

なにかありましたか、と言われたとき、とっさに宇部さんとのことが頭を掠めた。でも、それはあくまで私的なこと。塩川社長にお知らせするようなことはなにもない。

「……い、いえ？　なにもありませんが」

笑顔でスルーした。しかし、塩川社長はいまだ訝しげだ。

「いやあ……怪しいなあ。ずっと見て来たからこそわかるんですよ。以前までの碇さんは、どこか男性をまったく受け付けない頑なな部分があったのですが、今はそうではない。いや、もちろんウエルカムという雰囲気はまったくないのですが、以前より角《かど》みたいなものが少し取れて、丸くなったような気がするんですが」

「ええ……？　私、そんなに頑な、でしたか……？　自分ではまったくそんなつもりはなかったのですが」

確かに宇部さん一筋で他の男性のことはまったく見ていなかったが、そういうつもりではなかった。

でも塩川社長からはそう見えていたのだろうか。

「そりゃあ、私は何度も碇さんに食事のお誘いして振られてますからね。他の人よりはそういうところ、敏感に感じ取ってると思いますよ」

「いや、あの……その節は、本当に申し訳ありませんでした……」

クスクス笑っている塩川社長に、心から申し訳ないと思い頭を下げる。すると、塩川社長がこちらに身を乗り出してきた。

「謝ってくださる、ということは断ったことを申し訳ないと思ってくださってる。そう解釈していいんですよね？」

「え、ええ。もちろんです」

なんの気なしにこう返すと、一瞬塩川社長の目がキラリと光ったような気がした。

「でしたら、今度あなたをちゃんと、正式に二人で食事に行きましょうとお誘いしたら、そのときは迷わず受けてくださいますか？」

「え……？　正式に、って……それは……」

本気で仰っているのかと尋ねようとしたそのとき。私達の横から「塩川さん」という声が会話を遮《さえぎ》った。

声のした方を見ると、そこにいたのは広報の担当者と、宇部さんだった。

——あれ？　なんで宇部さんがここに……？

来るとは聞いていなかったので、突然の宇部さん登場に驚く。それは塩川社長も同じらしく、目を丸くしていた。しかしなぜか口元には笑みが浮かんでいた。

「あーあ。見つかったか」

塩川社長の呟きが聞こえてしまい、そちらに視線を移す。でも、すぐに宇部さんの声が聞こえてきて、今度はそっちに視線を戻した。

「すみませんお待たせしてしまって。碇、ありがとう。君はもう戻っていい」

「……はい。では、塩川社長、私はこれで失礼致します」

「はい。じゃあ碇さん。さっき言ったこと、真剣に考えておいてくださいね」

にこにこしながら私に手を振る塩川社長。彼に一礼し、私はその場を後にした。が。

それから数時間後。私は塩川社長との打ち合わせを終えた宇部さんに呼び出された。

「コーヒーを持ってきてくれ」

こう宇部さんに内線をもらい、いつものように社内にあるエスプレッソマシンでコーヒーを淹れ、執務室に持っていった。

「どうぞ」

デスクの定位置にカップを置いてすぐ、宇部さんが口を開く。

「塩川社長になにを言われた？」

「えっ？　なにって……」

藪《やぶ》から棒《ぼう》になんなのだ？　と私が目を丸くしていると、宇部さんが額を押さえ、はあーっと息を吐き出した。

「あの人がお前に言いそうなことは大体想像がつくんだよ。二人で食事に行こうとか、大方そんな感じだろ」

宇部さんすごい。合ってます。

私は無言のまま頷いた。

「まあ、そんな感じでした」

「やっぱりか。で、お前はなんて返事したんだ」

「返事をする前に宇部さんがいらしたので、していません」

それを聞いた彼の顔に、わかりやすいくらい安堵が浮かぶ。

「……なんだ。それならいいんだ。呼び出して悪かったな」

どうやら宇部さんの用事は済んだらしい。でも、どうもここ最近の塩川社長の言動が気にかかる。

だからどうしても、宇部さんにこのことに対してお伺いを立てずにはいられなかった。

「あの……塩川社長のお誘いをずっとお断りし続けているのも心苦しいので、そろそろ誰かを交えるなりしてお受けしたほうがいいでしょうか？」

ずっと考えていたことを正直に打ち明ける。しかし宇部さんは、これに対し「いや」と即答した。

「気が進まないのに無理して食事に行くことはない。それに向こうが指定しているのは、二人で、だろう？止めておけ。塩川社長がそれに関してなにか言ってくるようであれば、遠慮なく俺に言ってくれていいから」

「そうですか……わかりました……」

どこかぶっきらぼうな宇部さんの態度に、頭の中にはクエスチョンマークが浮かぶ。

――なんだか宇部さん、機嫌悪い……？

プライベートで食事に行くくらい塩川社長と交流があるのに、なんだかやけに素っ気ない。

「あの、宇部さん。塩川社長と喧嘩《けんか》でもされたのですか……？」

「してないよ」

さらっと返事は返ってきたが、いまだ宇部さんの表情は晴れない。

「じゃあ、あの……なぜです……？」

理由が真剣にわからなくて尋ねたら、宇部さんが大きくため息をついた。

「そんなの決まってるだろうが。人の彼女に手を出されそうになったら誰だっていい気なんかしない。それくらいお前にだってわかるだろう」

まさか宇部さんの口からそういう言葉が出ると思わず、私は口をあんぐりさせる。

それってまさか、嫉妬というヤツなのでは。

「え……宇部さんが……本当に？」

「なんでだよ。俺だって人並みに嫉妬くらいする」

宇部さんはムスッとした顔でコーヒーに口をつけると、目の前のモニターに視線を移した。

「もう戻っていいよ」

ちょっと気分を害してしまったのだろうか、私の方を見ずにキーボードを叩き始めた宇部さんに、これ以上話しかけても無駄だと悟る。

「……失礼致します」

執務室を出て、カップを乗せていたトレイを戻しに給湯室へ向かう。その途中、さっきのやり取りを思い出しじわじわと胸に喜びが広がっていく。

——宇部さんが、嫉妬……‼

誰も見ていないことを確認しながら給湯室に飛び込んだ私は、無言のまま足をジタバタさせ、喜びに悶《もだ》えた。

まさかあの、興味のないことには全然見向きもしない宇部さんが、私のことであんなに感情を出して、しかも嫉妬までしてくれるなんて。これは夢なんじゃないかと、何度も頬をつねった。そのたびに痛みを感じ、現実だと思い知る。

——私……本当に宇部さんの彼女なんだ……‼

もちろんわかってはいたけど、嫉妬してもらえるくらい本当に好かれているのだと思うと、どうしようもなく宇部さんへの愛が溢れてしまう。

もう、好きすぎて姿を頭に思い浮かべるだけで、胸がドキドキしてじっとしていられない。

恋人になってまだ二十四時間も経過していないのに、これじゃあ先が思いやられるではないか。

困るような、嬉しいような悩みを抱え、私は給湯室のシンクを掴んだまま、しばらくその場を動けずにいたのだった。

この日の夜、帰宅して一息ついているとスマホに着信が。宇部さんかと思いながらスマホの画面を見ると、電話をかけてきたのは母だった。

「母」と表示されているのを見た瞬間、ほんの少しの気まずさが胸を掠めた。なにせ、実家に帰ることを考えていると話したきりその後の連絡をしていない。しかも今は状況が変わって、実家に帰りたいという気がほぼ失《う》せてしまっているからだ。

――どうしよう……でも、ちゃんと話しておかないと後々困るし……

意を決して通話をタップした。

「……も、もしもし。お母さん？」

『世里奈？　あれからどう？　前の電話のとき、あんた声が随分落ち込んでるようだったから気になってね……つらいことはない？』

心配してくれていたことに対し、素直に申し訳ないと思った。

――お母さん……ほんと、ごめん……

一番参っているときだったからこそ、母に縋《すが》ってしまった。でも、今はあのときとだいぶ状況が違う。

そのことだけはちゃんと伝えておかなければ。

「それが……ちょっと状況が変わって、やっぱり辞めるのは考え直そうかな、って思ってるの」

『……え。そうなの？　確かにこの前よりもだいぶ声が明るいわね。いいことあったんだ？』

――そ、そんなに声でわかるものなのかな……

「うん……退職届も書いて提出したんだけど、却下されて……上司が私のこと会社に必要だからって引き止めてくれたの。それで……」

『へえ～。よかったじゃない！　そんな風に言ってもらえるなんて、世里奈は余程社員の皆様に好かれているのねえ……お母さん安心したわ。それなら、無理して帰ってこなくていいわよ』

「……ご、ごめん……この前はあんなこと言ったくせに……」

『いいからいいから！　こっちにはあんたの兄さんも弟もいるし。あの子達、最近は週末にちょくちょく帰ってきてくれるのよ。だから気にしないで、そっちで仕事頑張りなさい』

「うん……ありがとう」

『じゃあね。野菜たくさん食べて、風邪引かないようにね』

母からの通話が途切れ、私はスマホを持ったままほうっと息を吐き出した。

帰ることができなくなってしまったのは申し訳ないと思ってる。でも、今の私の仕事や状況が順調であると知った母の声は、いつになく明るかった。

それが聞けただけでも、だいぶ気持ちは落ち着いたし、安心した。

――やっぱり、親に心配かけちゃいけないな。

心配かけたぶん、これからはもっと親への恩返しをしなければ。

そう、心に誓ったのだった。


翌日の朝、いつもどおりに出勤し、セキュリティゲートに社員証をかざして通過。エレベーターホールで扉が開くのを待っていると、いつも会えば挨拶を交わす男性と遭遇した。

「あ、碇さん……‼　おはようございます」

彼は私がいることに気がつくと、なぜか二度見をしてくる。

この男性は私とほぼ同じくらいの身長で、目線の高さが一緒だ。いつも思っていたが、彼はニコッとしたときに目が思いっきり垂れ下がるのが印象的なのである。

「おはようございます」

挨拶を返して軽く会釈をする。しかし、なぜか男性はなにか言いたそうに、じっと私を見つめている。

「……あの、なにか……？」

「いやあの……碇さん、また一段とお綺麗になられたような気がして……」

「……え？　そ、そうでしょうか……？」

言われて思わず今日の格好をチェックしてしまう。ジャケットに膝丈のAラインスカートは、特に気合いを入れてきたわけでもなく、自分にとってはわりとオーソドックスな通勤スタイルなのだが。

髪形だって簡単に一つ結びしただけで、別に手の込んだ髪形をしているわけでもない。

――どこらへんを指しているのかがよくわからない……社交辞令かな？

「あ、ありがとうございます。いつもすみません、お気を遣っていただいて」

ありがとうの気持ちを込めて笑顔で会釈する。しかし、その男性は「いやいや」と手を左右に振って全身でそうではない、と否定してきた。

「お世辞なんかじゃありませんから！　本当にお綺麗になられたと思いますよ。もちろん、これまでもお綺麗でしたが、更に神々しいくらい……あっ、そうだ。名刺を……」

男性が思い出したように胸元のポケットから名刺入れを取り、一枚抜いて私に差し出した。

「申し遅れました、私、小村《こむら》と申します。同じビルにある旅行の企画販売をしている会社に勤務しています。もし、どこか旅行など計画されているようでしたら、お気軽にお申し付けください」

「あっ、ありがとうございます。では、私も」

つられるように名刺入れから名刺を出し、小村さんに渡した。

「碇世里奈と申します。役員秘書をしております」

「ありがとうございます。へえ……碇さん、秘書さんだったのですね。なんか、それっぽいなあって同僚とよく話してたんですよ」

名刺を受け取った小村さんが、それに視線を落としながら頬を緩める。

しかし、ここで私はあることに気がつく。

「……あの。小村さん、なぜ私の名前を知っていらしたのですか……？　私、まだ名前をお伝えしたことはなかったように記憶しているのですが……」

恐る恐る尋ねたら、小村さんが「あっ」という顔をする。

「す、すみません……！　でも、決してやましいことはないです‼　なんていうか、碇さんって、ここのビルではわりと有名なんですよ。きっと私だけじゃなく、碇さんのことを知ってる方は結構いらっしゃるのではないかと」

「は……？」

——私が、有名……？

そんな情報は初耳だ。驚きのあまり、口をうっすら開けたままポカンとしてしまう。

「あの……有名って、どういうことで有名なのでしょう……？　私、自分が知らない間になにか皆様のご不興《ふきょう》を買うようなことをしてしまったのでしょうか……」

まったく身に覚えがないので、だんだん不安に襲われてしまう。そのせいか、背筋がスウッと寒くなり、多分顔から血の気も引いていたんじゃないかと思われる。

そんな私の変貌ぶりに驚いた小村さんが、なぜか「違います違います‼」と慌て始めた。

「そうじゃなくて！　碇さん、モデルさんみたいにスタイルが良くてお綺麗だから、男性はみんな憧れてるんですよ。それで有名ってだけで、決して変な意味じゃないんです」

「……え、あ、そう……なのですか……？　それは、ありがとうございます……？」

——なんだ、なにかやらかしたから有名ってわけじゃなかった……よかった……

モデル、という表現はさすがに言い過ぎではないかと思うけど、悪い意味でないならまあいいか……

「でも、碇さん本当に以前より綺麗になられましたよ。それに、雰囲気がなんというか、柔らかくなったような気がします。だから私も話しかけることができたので」

「そうですか……？　なんででしょうね……」

内心首を傾げながら、ようやく開いたエレベーターに小村さんと他数名の人々と一緒に乗り込んだ。

――変わるきっかけ……あるとすれば、宇部さんとのことくらいしかないな。

これまでの私は、宇部さんのことと仕事のこと以外はほとんど目に入らなかった。いや、敢えて入れないようにしていたところはあるかもしれない。

だけど宇部さんと想いが通じたことで、今は以前よりもだいぶ肩の力を抜くことができているような気がする。そのお陰か、少しだけ周囲を見る余裕ができたかもしれない。

考え込んでいると、オフィスがある階に到着した小村さんが、私に会釈をしてエレベーターを降りた。

彼がいなくなってから、ぼんやり考える。

――私って、本当に自分が外からどう見られてるとか、全然知らないまま生きてたな……

今更知っても遅いかもしれないが、もうちょっと周囲との関係をどうにかせねば、と思ってしまった。

好きになってもらったからといって、終わりじゃないのだ。好きでいてもらうためにはなにが必要か。改めて考えないといけない――と。


この日の夜。仕事を終えた私と宇部さんは彼の車に乗り一緒にオフィスビルを出ると、デパートに立ち寄った。地下食品売り場に寄り夕食用の惣菜《そうざい》とバゲットを買い早々にデパートを出ると、まっすぐ宇部さんのマンションへと車を走らせる。

「食う物買って帰るぞ」と宇部さんに言われてすぐ、だったら私がなにか作りますよ、と申し出た。しかし宇部さんは首を縦に振ってくれなかった。

「これから食材買って料理して、なんてやってたら余裕で一時間以上かかっちまうだろ。時間が勿体《もったい》ないからいい」

こう言われてしまうと、それもそうかという気になってしまい、彼の言うとおりにすることに。

マンションに到着し、バゲットを食べやすいようにカットし、テーブルに惣菜を並べてから手を合わせた。

「いただきます」

宇部さんも手を合わせて小さく「いただきます」と呟くと、真っ先に惣菜のサラダに箸を伸ばした。

私もサラダをはじめ、ローストビーフや根菜の煮物を自分の皿に少量ずつ取り分けていたのだが、朝、小村さんに言われたことを突然思い出した。

「……あ、そうだ。今朝、よく遭遇する方に声をかけられて、雰囲気が柔らかくなったと言われたんです」

全ての惣菜を皿に乗せたところでこの話を始めたら、なぜか宇部さんの表情が曇る。しかも箸が空中で止まっている。

「は？　誰に言われたって？」

「あ、えーっと、名刺いただいたんですよ、小村さんていう方で……」

私がバッグの中から名刺を取り出しテーブルに置くと、宇部さんがそれを手に取り、じっと見つめる。

「小村……昌弘《まさひろ》？　男じゃねえか」

「そうですよ。旅行の企画販売している会社にお勤めされているそうです。旅行に関することならお気軽に、と言われました」

「ああ、そうかよ。それで、なんだ。雰囲気が……とか言ってたな」

「はい。以前と比べて雰囲気が柔らかくなったと言われたんです。でも、私、全然そんな自覚ないんです。宇部さんから見てどうですか？　私、どこか変わりました？」

食べる手を止め、じっと宇部さんの答えを待つ。

宇部さんはしばらく私をじーっと見ていたけれど、ふうっと息を吐くと、視線を私からローストビーフに移した。

「どうかな。でも確かに言われてみれば、前よりもとっつきやすくはなったんじゃないか」

「……私、そんなにとっつきにくかったですか？」

「俺はそうは思わないけど。でも、他の社員からすればそういう面はあったかもしれないな」

――そ、そうだったんだ……

軽くショックを受けていると、「落ち込むなよ」とフォローが入る。

「別にツンケンしてるとか、悪いイメージばかりじゃないぞ。なんていうかお前って、すげえガード張ってたって言うか……社内でもちょっと特殊な存在だったんだよな」

「と、特殊って。私、そんなキャラだったんですか……」

確かに社内でもあまり気軽に声をかけられないし、数少ない女性社員からも飲み会に誘われたことすらない。これってどういう意味なんだろう？　と常々思っていたのだが、そういうことだったとは。

事実を知らされ、軽くショックを受けた。

「でも、変な男に目をつけられたりとかもないだろ？」

言われてこれまでのことを思い返す。確かに、声をかけられることは何度かあったけど、そういうことはない。

「それは……ないですね」

ローストビーフの後は、オレンジソースがかかった水菜のサラダをもりもり食べながら、宇部さんが頷く。

「お前はそうやって、自分で自分の身を守ってたってことだよ」

「そう、なのかな……あ、でも雰囲気が変わったってことは、その『無意識ガード』をもう発動してないってことですか？　それって、まずいですかね？」

ガードしていない、ということは、私はいまノーガード状態……？

「その心配は要らないだろ」

考え込んでいたら宇部さんにサラリとこう言われ、エッ、と彼を見る。

「いらないって、どういう……私にはもう必要ないってことですか？」

「そうじゃなくて、これからは俺がいるんだ。なにかあれば俺を頼ればいい」

私の方を見ないまま、宇部さんがパクパクと食事を進める。だけど私は彼に言われたことに激しくときめいてしまい、急に全身に緊張が走り、ついでに心臓が大きく跳ね出した。

「……俺を頼れって……い、いいんでしょうか、そんな……」

「あたりまえだろうが。恋人に遠慮なんかするな」

ぶっきらぼうに聞こえるけれど、いつもよりどこか優しい。

自分にとって都合がいいかもしれないけど、こんな風に聞こえるのはやっぱり宇部さんが私の恋人だからなのだろうか。

「……はい、わかりました……」

照れ隠しで口に運んだバゲットを食べながら、私は静かに頷く。

——こんな甘い台詞《セリフ》を宇部さんに吐かせる恋というものは、すごい。

ずっと知らないでいたことが、今になってすごく勿体ないことをしていたと思う。そう考えると、私は、本当に恋愛をよく知らないんだなあと思った。

「それで、この小村って男とはいつから話すようになったんだ」

「小村さんとはここ一年くらいかな？　それまでは朝、エレベーターとかで一緒になればお互い会釈するくらいな感じで……」

淡々と話したら、なぜか宇部さんの表情が再び曇り出す。

「あんまり不用意に笑いかけたりするなよ。世の中には、笑いかけてくれただけで自分に気があると思い込む男がいるらしいからな」

「いや、それは無理じゃないですか……？　仏頂面《ぶっちょうづら》で挨拶なんかできませんよ」

想像してみたけど、笑顔なしで挨拶はどう考えても相手がビビる。それに怖い印象を持たれてしまう可能性だってある。

私が反論したら、宇部さんの片眉がひゅっと上がる。

「別に仏頂面しろというわけじゃない。相手に気を持たせるようなことをするなと言っているだけだ」

「しませんよ、そんな……ていうか、これまでと態度を変えるつもりはありません。急に変えたら相手だって変に思うでしょうし」

「まあ、いいけど。とにかく、男って生き物は意外に単純だからな。ちょっとしたことで見方がコロッとかわるなんてザラだぞ」

今夜のメインのつもりで買ったローストビーフを食べながら、宇部さんが吐き捨てる。

ちなみに今彼が食べているローストビーフは、有名フレンチが出している惣菜店で買った極上品。肉の旨味を見事に閉じ込め、パサつきもなく噛むたび口の中に旨味が広がる。

最初に食べたときその美味しさに感動してしまったのだが、それは宇部さんも同じだったらしい。さっきから何度もローストビーフに箸が伸びている。

「そんなに心配しなくても大丈夫ですよ。私、宇部さん以外の男性には全く惹《ひ》かれないので」

彼が私の心配をしてくれているのは、もちろんわかっている。だから安心させる意味も込めて、精一杯の笑顔を作った。しかし、これでも尚、宇部さんの表情はまだ訝しげだ。

「お前が……ても、男の方が……もあるんだよ……」

このとき宇部さんがぼそっとなにか口にしたが、低音すぎてよく聞き取れなかった。

「え？　今、なんて言いました……？」

聞き返したのだが、宇部さんは私の方を見ずに首を振った。

「なんでもない。気にすんな」

「……はい、わかりました……」

——今、宇部さんなんて言ったんだろう。男の方がなんとか……って言ってたように聞こえたけど……

でも、宇部さんがいいと言っているくらいなのだから、きっとたいしたことではないのだろう。

そう信じて疑わなかった私なのだが、この日から数日後。宇部さんが言っていたことが痛いくらい身に沁《し》みる出来事に遭遇するのである。

＊＊＊

「宇部、ちょっといいか」

役員ミーティングを終え席を立とうとすると、楠木に呼び止められた。

「なんだ」

ミーティングルームにいた俺と楠木以外の人間がいなくなったのを確認してから、再び楠木に向き直る。

すると、ミーティング中は硬い表情を崩さなかった楠木の頬が、わかりやすく緩む。

「あれから碇とどうなったんだ？　あいつ、俺が退職届を突っ返してから持ってこないけど、もう辞める気はなくなったのか？」

楠木に言われて、そう言えばそんなこともあったなと例の一件を思い出す。

「あー……多分。それに関してはもう大丈夫だと思うんだが……」

はっきり彼女の口から「もう辞めるなんて言わない」と言質《げんち》を取ったわけじゃないが、このところの世里奈からそういった話題は出ない。

だから多分大丈夫だろうという、自分なりの解釈で返事をした。すると、楠木がわかりやすく安堵する。

「そうか！　よかった。なんだかんだで碇に辞められると俺たち大打撃だからな～。退職届出されたときだって表向きは冷静に対応してたけど、内心はヒヤヒヤしてたんだぜ」

胸の辺りを押さえ、よかった～と繰り返す楠木に、「悪かった」と頭を下げずにはいられなかった。

「多分アレは……俺のせいだ。お前には迷惑をかけたな」

「いいぜ。っていうか、俺はお前がらみだって知ってたけどな」

楠木の口からポロッと出た事実に、ハッとする。

つまり楠木は、世里奈が俺に女の影があると誤解していたことを知っていたのか。

「な……!?　お前、知ってたのかよ！　だったらなんで俺に言わないんだ!?」

一気に胸の中を苛立ちが占め、楠木を睨《にら》み付ける。だが、楠木は俺のこんな反応など読み切っていたとばかりに顔色を変えない。

「碇が俺に相談してきたんでね。一応、こう見えて俺は碇寄りだからさ。彼女が秘密にしてくれってことを勝手にお前に話したりはしないのさ」

飄々《ひょうひょう》としている楠木に、ジトッとした視線を送る。

「おい……なんで碇寄りなんだよ。俺の方がお前との付き合いは長いだろうが」

「まあ、いろいろ思うところあってな。碇はお前と違って、お前が初恋なんだ。応援するってなったら断然碇だろ」

ミーティングルームの机に寄りかかりながら、楠木が微笑む。

「俺だってそんなに恋愛経験豊富じゃないぞ。お前だって知ってるだろ」

「知ってる知ってる。口数が少なくて仕事ばっかりしてるから、付き合い出してもすぐに幻滅されて振られて終わってたよな、お前」

思い出したくない過去を口にし、苦笑いする楠木に呆れてしまった。

「楠木……お前だって十年も初恋引きずりまくって恋愛できなかったくせに。よく言うよ」

「俺は初恋実らせたからいいんだよ」

ここぞとばかりに勝ち誇る楠木に、少々イラッとする。

そう。俺たちはこういう恋愛ベタな部分も含め気が合い、今こうして同じ職場で働くことになったのだ。

「……で、お前達どうなったの？　結局付き合うことになったの？」

「まあな」

サラッと返事をしたら、楠木が「おお～」と声を上げる。

「そうかそうか……しかしまだ碇からの報告がないな。なんで言わねえんだ？　あいつ」

「俺がまだいいって言ったんだ。あいつ、恋愛自体が初めてだっつーもんでまだどこかふわふわしてるからな……もう少し気持ちが落ち着いたら楠木に報告すればいい、とね。社員には三ヶ月くらいしたら報告するつもりだ」

「そうかそうか。わかった。じゃあ碇が報告してくるのを楽しみに待ってるよ。それと、宇部。ひとつ聞きたいことがあるんだが」

「なんだ」

「前にも聞いたあの件。結局なんだったんだ？　ほら、夜何度か誰かと会ってたっていう……もう碇と付き合ってるわけだし、俺になら話してもいいだろう？」

夜に会っていた女性、と言われて、どの件を指しているのかすぐにわかった。

「あれは塩川さんと彼の連れだ。それと、結婚式の余興の打ち合わせだよ」

説明したら、楠木の眉がひゅっと下がる。

「なんだ……それなら隠さないで言えばいいのに。俺までお前が女性と会ってるって疑っちまったじゃないか」

「塩川さんの件は話すほどのことじゃないから言わなかっただけだ。結婚式の余興の話なんかしたら、お前絶対ここで踊れって言うだろ。言えるかよ」

「確かに言うな。だって面白いじゃん。お前が踊るの見てみたかった……これ、碇にはもう話したんだろうな？」

「ちゃんと説明した。俺だって誤解されるのは困るからな」

腕を組んでふうっと息を吐くと、楠木が俺を見て口角を上げる。

「今後は碇を不安がらせないようにしてくれよ？　これでまた辞めるとか言われたら目も当てられないからな」

「わかってるよ」

こう言って楠木を納得させた俺だが、この数日後。自分の判断の甘さを猛烈に後悔する日が来ようとは、まったく想像すらしていなかったのだった。

第七章　塩川社長の再来、そして迷い

宇部さんとのお付き合いを始めて数日が経過した。

はっきりいって、浮き足立ちすぎて最初の数日はほぼ記憶がない。

だけど数日が経過して、ようやく地に足が着いたというか、やっと通常運転というか、私が戻ってきたような気がする。

――ここに来るまで、結構時間かかったなあ……

最初は宇部さんが元々ああいう人だし、生活なんてなにも変わらないだろうと思い込んでいた。だけど、宇部史哉という人は普段と違い、恋人にはおもいきり甘くなる人なのだということが次第に判明し、私に対して甘く接してくる彼に戸惑うことが多かった。

なんせ、普段の彼がぶっきらぼうだし、口数少ないし、なに考えてるかわからない上に、機嫌が悪いと執務室から出てこない。

全体的にどこか人慣れしない野生動物みたいなところもあるし（言い過ぎ）そのギャップがすごい。

そのうえ、あの低くてセクシーな声で「世里奈」なんて名前で呼んでくるものだから、こっちはそのたびにドキドキしてしまって、仕事が手に付かなくなりそうになるときもある。でも、そこはきっちり線を引いて気を引き締めているけれど。

でも、恋人がいる生活は、いいものだなあと思う。

だから早くこの生活に慣れよう。こう思っていたある日の夕方。仕事を終えて帰ろうとしているところにオフィスの電話が鳴った。

ナンバーディスプレイに表示された番号は、塩川社長のオフィスだ。

――塩川社長……だな……

咄嗟にこの前の塩川社長を思い出し、不安が胸を掠めた。それでも電話を無視するわけにいかないので、いつもと変わらぬ声音で対応する。

「……え、間違い……ですか?」

どうやらこの前の打ち合わせの際、うちの担当者に渡す書類を間違えてしまったらしい。

『ええ。そういうわけで、これから外に出る予定がありますので、そちらにお届けに伺います』

「承知いたしました。担当者ですが……」

背筋を伸ばしフロアを見回す。塩川社長と打ち合わせをした担当者の席に目を遣《や》ろうとしたとき、電話口から『碇さん』と名を呼ばれた。

「はい」

『ご担当者ではなくあなたにお願いできますか』

「え……」

塩川社長の声が一段と低く、意味深なトーンに変わる。

——どうしよう……

お世話になっている方にこんなことを思うのは大変申し訳ないけれど、なんだか今日の塩川社長とは、直接顔を合わせたくない。なぜかそう思ってしまった。

でも、これは仕事なのだ。そんなわがままは許されないと考え直す。

「かしこまりました。では、この前と同じ場所でお待ちしています」

『そう言ってもらえてよかった。では、のちほど』

通話を終え受話器を置いた私は、経理担当の女性社員に事情を説明してから、一階へ向かった。

塩川社長に指定されたとおり、一階のエントランス付近に立ち、彼を待つ。

電話を終えてから十分ほど経過した頃、エントランス前に横付けされた車の後部座席から塩川社長が現れた。そして彼を乗せてきた車が再び走り出し、エントランス前から去って行く。

——運転手さんがいるのかな？

「やあ、碇さん。お呼びして申し訳ありませんでしたね。では、立ち話も申し訳ないのでお茶でもいかがですか？　奢《おご》りますよ」

この前と同じスーツ姿でかっちり纏めた塩川社長が、なぜか私をカフェに誘う。

しかし、このお誘いを素直に受け入れるわけにはいかない。

もちろん私は従うことなく、丁重にお断りする。

「いえ、まだ勤務中の身ですので、お気持ちだけいただきたく存じます。それであの、塩川社長、書類は……」

「ああ、そうでしたね。これです。ご担当者にも申し訳なかったとお伝え願えますか」

塩川社長は手にしていたブリーフケースからクリアファイルを取り出し、私に差し出した。それを受け取り、念のため中身を確認して再度頭を下げた。

「わざわざ足を運んでくださりありがとうございました……」

お礼を言い、塩川社長と向かい合う。

しかし、用事は済んだはずなのに、塩川社長がこの場を離れる気配がまったくない。

そのうえ私を見つめる視線がこの前と同じ、どこか熱を帯びているような気さえしてくる。

「あの、塩川社長。確かご予定があるはずでは……どうぞ、こちらのことは気になさらず行っていただいて結構ですが……」

「すみません。予定というのはこれのことです。ついでを装ってあなたに会いに来ました」

彼が言った意味がわからず、私は無言のまま目をパチパチさせる。

「あの、今……私に会いに、と仰いましたか……?」

「ええ。こうでもしないとあなたは私と会ってくださらないでしょう」

塩川社長が胸を張り、当たり前のように言う。

さすがに恋愛に疎い私でも、この流れが自分にとってよくないことだとわかる。

「塩川社長、申し訳ありません。私、戻らなくてはいけないので、失礼いたしま……」

「待って」

軽く会釈をし、この場を離れようと足を踏み出した瞬間。咄嗟に腕を掴まれてしまう。

宇部さんに同じことをされたらドキドキするのに、なぜか塩川社長に触れられただけで、背筋がひやっとした。

「しっ……塩川しゃちょ……」

「碇さん、もうわかってるんじゃない？　俺、碇さんのことが好きなんだけど」

いきなり口調が変わったのにも驚いたけど、はっきり好きだと言われたことにもっと驚いた。

「え……ええっ⁉　いえ、全然わかっていません‼　今初めて知りましたっ」

なんとなく好意を持たれていることには気付いていたけれど、ここは敢えて気付かなかったふりをした。

そんな私へ塩川社長が苦笑を返す。

「そんなわけないでしょ。秘書としてあれだけ細かいことにも気がつく察しのいい碇さんが、こんなにわかりやすくアピールしている俺のことに気がつかないだなんて考えられない。……まあ、そこらへんはいいとして、今は二人きりなんだ。せめて俺の気持ちに対する碇さんの返事だけでも聞かせてもらいたいんだけどなあ……」

不敵とも取れる微笑みに、なぜか恐怖を感じてしまう。

なんとか穏便に帰っていただけるよう、この場を乗り切らなければ……と必死で考えを巡らせる。

しかし、なぜだろう。これまでずっと良い印象を抱いていた相手の変貌ぶりに少なからずショックを受けているようで、うまく頭が回ってくれない。

――だったらもういい。はっきり事実を言う。

「返事は……ごめんなさい。私、好きな男性がおります」

きっぱりこう言い放つと、塩川社長がなぜか私との間を詰める。

「へえ、そう。でもそれだけじゃ諦められないなあ……もっと俺を納得させるような、しっかりとした理由が欲しいかな。そうでなかったら碇さん、一度でいいから俺とデートしようよ。そうしたら諦めてあげるからさ」

「は、はあっ⁉　な、なにを仰るんですか！　そんなことできるわけありません。私は、好きな男性一筋ですから」

「デートしてくれないんだ。じゃあ、俺は諦めなくていいってことだね？」

私の顔を覗《のぞ》き込んでくる塩川社長は実に楽しげ。

完全に私をからかって遊んでいるようにも見える。

はっきりと気持ちを伝える以外に、なにかこの場を収められるような言い方があるはず。だけど、悲しいかな。なんにも浮かんでこない。

「そ、それは……困ります。どうか、諦めていただきたく……」

「だから、簡単に諦めるなんて無……あ、もう監視役が来ちゃった」

あーあ、と残念そうに私から一歩引いた塩川社長に、理由がわからず眉をひそめる。でも、その理由はすぐにわかった。

私達の元に宇部さんがやってきたからだ。

「う、宇部さ……」

「塩川さん。いらっしゃるなら私に連絡してくだされればいいのに」

宇部さんが若干強ばった顔で私と塩川社長の間に入った。

「どうも、宇部さん。実は書類を間違えてお渡ししてしまったので、慌てて持ってきたところだったんですよ。今、確かに碇さんにお渡ししました。ねえ、碇さん？」

打って変わり、いつもの塩川社長に戻った。変わり身の早さに呆気《あっけ》にとられつつ、一応はい、と頷いた。

「これがその書類になります……」

書類の入ったクリアファイルを宇部さんに差し出す。

それを素早く受け取った宇部さんは、塩川社長ににっこり微笑んだ。

「これはこれは、わざわざありがとうございます。では、これで用はお済みですね？　どうもありがとうございました、我々は失礼致します。行くぞ、碇」

踵を返した宇部さんに「えっ？」と声をかける。でも、彼が立ち止まる気配はない。

「……あの、それでは失礼致します……」

宇部さんに代わり会釈をすると、塩川社長は軽く微笑んでから私達に背を向け、エントランスの向こうに消えていった。

　姿が見えなくなり、ようやく気持ちが落ち着いた私は、だいぶ先に行ってしまった宇部さんの元に駆け寄った。

「宇部さんっ……‼　ありがとうございました、助かりました……それより、なぜ塩川社長が来ていることに気がついたんです？」

　エレベーターホールに到着して足を止めた宇部さんに尋ねると、彼は憮然《ぶぜん》とした表情は変えず流し目を送ってくる。

「お前、宇佐美《うさみ》に塩川社長が来るって伝えてったろ？　フロアにお前のバッグはあるけど姿がないから、どこに行った？　って宇佐美に聞いたら教えてくれた。それで……ピンときた。お前、塩川社長になにか言われたか」

「……その、好きだ、と言われまして……」

「やっぱり。……それで、お前なんて答えたんだ」

「好きな人がいるので、ごめんなさい、と」

　エレベーターに乗り込み、周りに誰もいなかったので正直に話す。それを聞いた宇部さんが安心したようにホッと息を吐いた。

「そうか。もしまたなにか言われるようなことがあれば、俺の名前出していいから」

「え。でも、それは……」

取引もある会社の社長さんに、極めて私的なことを話すのはどうなのだろう。

向こうだって私と宇部さんが付き合っていると知ったら、やりづらいかもしれないし……

そう言ってくれる気持ちはありがたいけれど、やはり全てを曝《さら》け出すことに二の足を踏んでしまう自分がいる。

私が返事をしないまま黙り込んでいると、珍しく宇部さんが少し苛立ったような顔で「世里奈」と名を呼んだ。

「こんなときまで生真面目な秘書でいる必要はない。それくらいわかるだろ」

どこか怒りをはらんだような言い方に、胸がずきっと痛む。

「……も、申し訳ありません……」

咄嗟に謝ったのだが、宇部さんの機嫌が戻った様子はない。それどころか私から目を逸らし、重苦しい息を吐いた。

「……もういい。これは俺から担当者に渡しておくから、お前帰っていいぞ」

「え、でも……」

「俺はまだやることがあるから。じゃあな」

エレベーターの扉が開いた途端、宇部さんがこう言い放ち先に出て行ってしまった。

取り付く島もなく、どこか一方的な宇部さんに私は混乱してしまう。

――もしかして私、宇部さんを怒らせた……？

よろよろとエレベーターを出てオフィスに戻り、自分の席に到着した。しかし、宇部さんのことが気になりすぎて、このままじゃ帰るに帰れない。

――謝った方がいいかな……いいよね……

ふらりと宇部さんの執務室がある方へ歩き出すと、なぜか近くにいた経理担当の宇佐美さんに呼び止められた。

「碇さん、今は止めた方が……宇部さん、誰も近づけるなって言って、執務室に閉じ籠っちゃったんです。どう考えてもめっちゃ機嫌悪いですよ」

「へ……」

ふんわりした雰囲気が持ち味で、私よりも十五センチ近く背が低い宇佐美さんが、神妙な顔で小刻みに首を横に振っている。その姿と宇部さんの執務室を交互に見遣《みや》ってから、私は大きくため息をついた。

「わかりました……止めておきます」

怒っているときに声をかけられるのは、宇部さんが一番嫌うこと。だからこそ今はそっとしておくべきだ。

そんなことはわかっている、けれど……なぜか以前のように割り切ることができない。

――宇部さん、なんであんなに怒ったんだろう……私がいけないのかな。塩川社長にあんなこと言われたから……

もしかしたら最近の私は宇部さんとお付き合いを始めたことで、気が緩んでいたのかもしれない。その結果これまでまったくそんな素振りすら見せなかった塩川社長が、私の隙を見抜いてああいう行動に出たのだとしたら……

それはすごくショックなことだった。

――宇部さんの恋人になれたからこそ、これからは恋と仕事を両立して今まで以上に頑張ろうと思っていたのに……

まるで神様に「恋と仕事の両立は、お前には無理だ」と言われているような気がした。

この日の私はどうやってアパートまで帰ったかほぼ記憶がないくらい、落ち込んだ。

しかし、一日経てば宇部さんのご機嫌も直っているはず。

そう思いながら一晩明け、出社した私だったが、私よりも先に出勤していた宇部さんは、開発の担当者とミーティングルームに籠ったきり出てこない。

「ああ……実は制作部門でちょっとしたトラブルが起きてね。朝方担当者から説明があって、それからずっと担当者とミーティングルームに籠もってる」

楠木さんから説明を受け、頭が真っ白になった。

――機嫌が直るどころか、またトラブル……!!

「あ、ええと……じゃあ、私、お茶でも淹れて……」

踵を返そうとすると、「あ、待て」と楠木さんに止められる。

「宇部が今は集中したいから誰も入れるなとさ。落ち着いた頃に出て来たら淹れてやればいい」

「……はい……」

肩を落としながら楠木さんの執務室を出る。

——仕方ないか……また、状況が落ち着いたら宇部さんに昨日のことを謝ろう……

それよりも、宇部さんのことで一喜一憂なんかしてられない。それこそ、仕事に私的感情など必要ないのだから。

気持ちを引き締め、自分の席に戻った。

しかし、思いのほか状況がよろしくなかったのか、昼を過ぎても宇部さんがミーティングルームから出てくる気配はない。たまにドアが開いて宇部さんが姿を現しても、トイレと水分補給の為に出て来ただけ。お昼は契約している仕出しの業者から弁当が届くと、それとお茶を持って再び籠ってしまった。

——大丈夫かな……早く状況が落ち着けばいいんだけど……

心配ではあるけれど、今日は楠木さんに頼まれた仕事やお使いもある。気になるからと言って、ずっと宇部さんの動向をチェックしているわけにもいかない。

「宇佐美さん、私、お使いに行ってきますね。後を頼みます」

「はい。行ってらっしゃい」

郵送するものなどを纏めてバッグに入れ、それを肩にかけてオフィスを出た。

お使いの品も買いに行くのだが、頭の中でどういうルートで用事を済ますのが一番効率がいいのか。そのことだけを考えながらビルのエントランス付近までやってきたとき、前方からかっちりとしたパンツスーツ姿の女性が歩いてきた。

その女性はヒール高めの靴を履いているせいか、私と目線が同じくらい。肩より少し長いウエーブヘアはウエットスタイル。綺麗な顔立ちをうまく引き立たせる、ほどよく引き算されたメイクは見るからにオシャレ上級者だ。

——このビルにお勤めの人かな？

でも、初めて見る人だな……と思いつつ、彼女の進路を邪魔しないよう、少し横に逸れる。

しかし、なぜかその女性は、コツコツと音を立てていた足を止め、私の顔を二度見して声を上げた。

「あら？　碇さん？」

急に名前を呼ばれ、肩が大きく跳ねた。

「えっ？　はい、碇ですが……」

——なぜこの女性は、私のことを知っているのだろう……？

それとも、もしかしたら仕事関係でお会いしたことがあるのかも。それを私がただ忘れているだけなのだとしたら失礼にあたる。なんとしても思い出さなくては……

これまでに会ったことがないかを必死で思い出そうとするけれど、どう考えても彼女に見覚えがない。

ぐるぐる考えを巡らせていると、向こうがごめんなさい、と言って名刺をくれた。

「私、あなたの勤務先と付き合いのある塩川デザインのものです。久泉《ひさいずみ》倫代《みちよ》と申します」

「あ……塩川デザインさんの方でしたか……」

知っている名前が出て来てホッとしたものの、先日の塩川社長との一件を思い出してしまい少々気まずい。

この女性はその一件を知っているのか。そのことが気になりつつも、手元の名刺に視線を落とす。

久泉　倫代。肩書きは副社長とある。

──副社長さんなのね……塩川社長ってうちにはいつも一人で来るから、副社長が女性の方だなんて初めて知ったわ。

「いつも大変お世話になっております。では、私も」

肩にかけていたバッグの中から名刺入れを取り、一枚引き抜き久泉さんに差し出した。

「碇さんは、世里奈っていうお名前なんですね。とっても可愛いわ」

私の名刺に視線を落とし、久泉さんがクスッとする。しかし、このあとなぜか久泉さんは、私の頭の先から足下までをゆっくりじっくり見つめてくる。

「ほんと、碇さんってモデルさんみたいね……向こうからすごいスタイルのいい人が歩いてくるから、思わず見入っちゃったら、お顔に見覚えがあって、つい声をかけてしまったの。驚かせちゃってごめんなさいね」

「それなんですが、なぜ私のことをご存じだったのか、お伺いしてもよろしいですか？」

久泉さんは私がこう言った途端、「あ、そうか！」と言って、なぜだかクスクス笑い出した。

「そっか、そうよね！　なんで会ったこともない人に顔知られてるんだって話よね」

「いえ、そんなことは……」

謙遜すると、久泉さんが、にっこりする。

「それはねー、うちの代表の塩川が碇さんのファンで、あなたの画像を見せてもらったからなのよ」

まったく想像もしていなかった返事が返ってきて、キョトンとしてしまう。

「え、が……画像、ですか？」

「あっ、気を悪くしてしまったらごめんなさい。実はね、うちの塩川ったら初めて碇さんを見たときに『雑誌で見るようなモデルばりの美人がいた』って興奮してたのよ。それからというもの、お宅にお伺いした後いつも碇さんの名前を出すもんだから、だったら写真撮ってきてよって私が頼んだことがあったの」

「そ……そんなことが……」

だけど写真など撮られたことなんかあったかな。記憶にない。

「覚えてないかな、塩川とそちらの宇部さんと一緒にスマホで写真撮ったこと」

宇部さんの名前も出て来て、んん……？　と再び考え込む。

――写真……そういえば、塩川社長がだいぶ前に来たとき、私と宇部さんの肩を強引に組んできて『写真撮っていい？　じゃあ撮るよーはーい』

――って、いきなりスマホで撮影されたことがあったような……ほんとに一瞬の出来事だったからすっかり忘れてたけど……

「そういえば……ありましたね」

「そのときに見たの。確かにお綺麗な方だな～ってずっと思ってて。これじゃあ塩川が夢中になるのも無理ないかなって……」

私を見て意味ありげに微笑む。そんな久泉さんを目の当たりにし、この人は塩川社長の気持ちを知っていることを確信した。

——塩川社長って、わりとなんでも周囲に話す人なのかな……だとしたらちょっと、いやだいぶ嫌だ。

もうこの話題はご遠慮したい。私は話を変えようと久泉さんに微笑みかける。

「あの。それで本日ここへいらしたのはお仕事ですか？」

「ああ、そうそう。実はね、宇部さんに差し入れをと思って立ち寄ったの。ほらこれ、宇部さんが好きなバスク・オ・マロン！　大人気のお店でたまたまゲットできて、嬉しくっておもわず飛んできちゃったの」

彼女が手にしていた紙袋を目線の高さに掲げた。

本来なら美味しいお菓子、と聞けば「へえ〜、それってどこにあるんですか？」と店の方に興味が湧く私。しかし今は洋菓子店のことよりも、彼女が言った内容の方に意識が行ってしまう。

「バスク……って、宇部さん、好きなんですか？」

なぜならそんな情報は、長年付き合いがある私ですら知らないからだ。

なるべく動揺しているのを悟られないよう、必死で笑顔を作りながら聞き返すと、久泉さんは平然と「そうよ」と言ってのけた。

「彼が直接言ってたんだもの、フランスの伝統菓子の中でもバスクが一番好きだって。あら？　もしかして碇さんはご存じなかった？」

勝ち誇ったような久泉さんの言い方にモヤモヤが生まれる。

「ええ、まあ……宇部とあまりお菓子の話はしたことがないので……」

そもそも宇部さんは甘い物があまり好きではないはずだ。なのに、なぜ彼女にはそんなことを……？

「そうだったのね。まあ、碇さんはただの秘書ですものね。そういう個人的な話なんかあまりしないか」

――ただの秘書じゃないです。ちゃんとお付き合いしている恋人です。

喉まで出かかった。でも、こういう場面でムキになるような女、きっと宇部さんは好きじゃない。

だから反論はせず、気持ちを落ち着けることに意識を集中させた。

「そう、ですね」

精一杯普通に返事をしたら、なぜか久泉さんが私との距離を詰め、私の顔の横に口を近づけた。

「だったら私と宇部さんの間を邪魔しないでくれるかな？」

フワッと香ってきた香水の匂いになのか、彼女が言ったことが原因なのか。胸がドキドキしてその場を動くことができない。

「彼ね、私に『俺には君しかいない』って言ってくれたの。私、ずっと宇部さんのこといいなって思ってたから、言われたときは嬉しかったなあ……」

ウットリしながら空を見つめる久泉さんに、私は時が止まったようになる。

およそ宇部さんが言いそうもないような台詞。それを彼女には言ったというのか。

呆然と立ち尽くしていると、久泉さんがフフっと声を出して笑う。

「ここまで言えば碇さんみたいなできる秘書なら、言わなくても察してくれるわよね？」

「……それは……」

邪魔、だなんて……私は……彼の恋人なのに……

返事に詰まり下を向く。すると、久泉さんは下から私の顔を覗き込んでくる。

「あら？　碇さんどうしたの？　もしかしてあなたも宇部さんのこと好きだったりとかしちゃう？」

これに無言を貫いていると、なぜか肩をポンポンと叩かれる。

「そっかー、でも、大丈夫よ？　男は宇部さんだけじゃないわ。碇さんみたいな綺麗な方なら、いくらだっていい男がいるわよ。ほら、うちの塩川なんてどう？　高身長で高収入のいい男だと思うんだけどなー」

なぜかいきなり塩川社長を薦められるという展開になってしまい、それに対しては黙っていられない。

「そ、そういったことは結構です……あの、私、急ぎの用がありますので、これで失礼致します」

逃げたと思われるだろうか。でも、もう構わない。一刻も早くこの場から去りたい。

慌ただしく久泉さんに会釈をすると、彼女は笑顔のまま軽く頭を下げた。

「お忙しいところ声をかけてしまってごめんなさいね。じゃあ、私はこれを宇部さんにお渡ししてきます。碇さん、また」

私とは対照的な軽ーい足取りで、彼女は総合受付に向かって歩いていく。その姿を眺めながら、私はどこか上の空のまま踵を返し、外に向かって歩き出した。

――さっき彼女が言ったことは、本当なのだろうか。宇部さんが彼女にあんなことを……？

だけど実際、彼女は私が知らない宇部さんのことを知っていた。それが答えなのだとしたら……

「……いやだ」

そのことがショックすぎて、頭が働かない。

もしかして彼女が宇部さんの本命……？　いや、ちゃんと恋人になってとはっきり言われたし、宇部さんに限って二股だなんて、そんなことあるわけない……

郵便局に向かって歩いている間、頭の中は宇部さんと久泉さんのことでいっぱいだ。

嫉妬と、苛立ち。それと久泉さんとのことを教えてくれなかった宇部さんに対する、ほんのちょっとの不信感……

――やだな、私。信じてるはずの宇部さんにこんな感情を抱くなんて……

これまでは彼について知らないことがあっても、ただの秘書だったたから気にならなかった。だけど、恋人になってからの私は、宇部さんのことならなんでも知っていたいという欲求が大きすぎて、かなりめんどくさくて重たい女になっているような気がする。

それに四六時中こんなことばかり考えているような女性は、私が最も嫌悪するタイプなのに。

――こんな自分は、好きじゃない……

胸に渦巻く黒いモヤモヤはどうすれば消えるのだろう。

何度も自問自答したけど、納得する答えは浮かんでこなかった。

用事を済ませて私が帰社したのは午後五時過ぎだった。

何気なく宇部さんが籠っていたミーティングルームを見れば、ドアが開いている。宇佐美さんに状況を聞いてみたところ、トラブル対応を終えた宇部さんは今、執務室にいるとのこと。

「宇部さんの様子はどうですか？　朝からずっと対応に追われて疲れ切っているとか……」

私がいない間秘書業務をお願いしていた宇佐美さんにこそっと尋ねる。彼女はとくに気に留めることなく
「普通だと思いますよ」と微笑んだ。

それを聞いて少し安心する。しかしまだ気がかりなことは残っている。

「あとですね、私がいない間、宇部さんへのお土産を持った女性が訪ねて来ませんでした？」

すると宇佐美さんは、即座に首を縦に振る。

「はい、来ました。宇部さんによろしく、ってお菓子持って来てくださいました。宇部さんもにこやかに対応してましたよ」

「……そうですか……」

──にこやかに、か……

所用を済ませている間に少しは気が紛れたはずなのに、また胸に黒い物が渦巻く。だけど宇部さんに事実を確認しなければ、この胸の靄《もや》は消えないだろう。

私は自分の席を離れ、宇部さんの執務室のドアをノックした。

「どうぞ」

声が聞こえてすぐ執務室に入ると、宇部さんは疲れ切った様子で椅子の背に体を預けていた。

「失礼します。宇部さん、お疲れですか？　お茶でもお持ちしましょうか」

「ああ、頼む……朝からバタバタして悪かったな」

いつもと変わらない宇部さんの声に安心しそうになる。しかし、今はそうじゃない。ちゃんと事実を確認しなくてはいけない。

「いえ。大丈夫です。あのですね宇部さん。先ほど久泉さんていう方と一階で遭遇したんですが」

久泉さんの名前を口にした途端、宇部さんの体がピクッと震えたような気がした。

「それで」

背凭《せもた》れから体を起こし、少し声のトーンを落とした宇部さんに、違和感を覚える。

――……なにか様子がおかしい……？

「私は存じ上げなかったのですが、久泉さんが声をかけてくださったんです。私のことを画像で見たことがあったらしくて……」

「そうなのか。彼女、お前になにを話したんだ？」

「たいしたことは……ただ、私の知らない宇部さんのことを彼女は知っているようでした。その……彼女と宇部さんは……どういうご関係なのでしょうか」

彼がどういう反応をするのかを、この目でしかと見届ける。

瞬《まばた》きすら惜しみつつ宇部さんを見つめていると、彼の目がわずかに泳いだような気がした。

「知っているもなにも、彼女には雑談程度のことしか話していない」

「でも……宇部さん、彼女とのことで私に話していないこと、ありますよね？　教えていただけないんですか？　だとしたらそれはなぜですか」

　気が急いてしまい、思いがけず宇部さんに詰め寄るような言い方になってしまう。すると彼は眉根を寄せ、深々とため息をついた。

「あのな……違うって言ってるだろ？　お前は俺の言ってることが信じられないのか」

「し、信じてます。信じてるけど……やっぱり、ちゃんとこの耳で確かめないと不安なんです」

「本当に、彼女とはなにもない」

　強い口調ではっきりと言われ、ビクッと肩が震えた。

「本当ですか？　信じていいんですか？」

「当たり前だろ。これで気が済んだか？　……まったく……要らぬ心配させるなよ。急にどうしたんだ？」

　額に指を当て、ため息を漏らす宇部さんは、どう見ても私の言動に困っている。

　こんな風に彼を困らせたくない。それだけははっきりしているのに、今は口を開けば彼を困惑させることばかり尋ねてしまう。そんな自分に戸惑ってしまった。

「私……今、だめなんです……少しでも宇部さんに女性の影があると、それが気になって仕方がなくて……」

「だめって……そんなこと言われてもこっちだって完全に女性と接しないわけにはいかない。もちろん浮気や二人きりで会うことは論外だが、それ以外のことをいちいち気にされるのは、あまり感心しない。それは嫉妬の範疇《はんちゅう》を超えて、もはや束縛だろ」

——束……縛……


そう指摘されて、後頭部を鈍器でガツンと殴られたような衝撃が走った。

「ご……ごめんなさい。私、そんなつもりでは……」

ショックすぎて頭がうまく回らない。

束縛なんてするつもりは毛頭ない。なのに、今私がしていることは確かにそれだ。

——ダメだ私……初めての恋愛だからなのか、宇部さんのことが好きすぎるからなのか、もう自分の感情がうまくコントロールできない……

ぐるぐる考え込む私に、宇部さんが訝しげな視線を送ってくる。

「世里奈？　どうした？　べつに謝ることは……」

「いえ。謝らせてください。私、自分が宇部さんを束縛しようとしていることに気づいていませんでした。こんな私は……恋人に相応《ふさわ》しくありませんね」

「は？」

宇部さんが驚いたように、口をあんぐりさせる。

「やはり私に恋愛は無理なのかも……秘書に戻った方がいいのかもしれません」

「いや、なにを言ってるかちょっと意味が……」

「お疲れのところ申し訳ありませんでした……今、お茶をお持ちしますね」

今の私に感情というものはない。あるのはただ、早くこの場から立ち去りたいという思いのみ。

「ちょと待て、世里奈」

私の様子が尋常ではないことを察知したのか、宇部さんが椅子から立ち上がり、私に歩み寄ってくる。その表情からは怒っているのか困っているのかがうまく読み取れない。しかし、動揺しているのだけは間違いなさそうだった。

「お前急になに言ってんだ？　さっきのは本気で言ってるのか。恋愛は無理だとか、秘書に戻るとか」

「本気というか、事実です」

「なんだよそれ。今日のお前、やっぱり変だぞ。いつものお前はもっと冷静で、淡々としてたはずなのに」

宇部さんに言われ、これまでの自分を思い出そうとする。

——いつもの私……って、どんなだっけ……

これまでの私は、宇部さんが好きで好きで。でも、きっと思いは叶わないだろうから、せめて秘書としてずっと近くにいられるよう、彼にとっていい秘書でありたい。そう思いながらこの六年過ごしてきた。

いつも冷静沈着。なるべく感情は表に出さないよう、秘書としての役割を全うしよう……と。

でも、それは秘書の碇世里奈。そうでない碇世里奈は、決して冷静沈着なんかじゃない。初めて恋した相手に女性の影があれば、途端に不安になってオロオロするようなただの恋愛初心者だ。

「申し訳ありませんが、いつだって冷静なのは秘書の碇世里奈です。本当の私はそうではありません。衝動的にあなたをホテルに連れ込んだり、あなたの言動に一喜一憂して、不安なことが起こると途端に自信を失う。それが、本当の碇世里奈です」

私は目を丸くして言葉を失っている宇部さんを見つめ、はっきり宣言した。

「宇部さんも私も、秘書の碇世里奈が好きなのですよ。ですからやはり、お付き合いのことはもう一度考え直された方がよろしいかと思います。では」

宇部さんの手を振りほどき、執務室のドアを開ける。

「おい、せ……」

「……今大きな声を出したら社員に聞こえてしまいますよ。それに、名前で呼ぶのは二人のときだけです。お止めください」

「……っ……お前……」

ピシャリといい放つと、さすがに宇部さんもそれ以上なにかを言うことはなかった。だけど、表情はものすごく言いたいことを溜めている。そんな顔だった。

「碇。仕事終わったら電話するから。絶対出ろよ」

「失礼致します」

宇部さんが言ったことには反応せず、ドアを閉めた。そして私はその足で、一つ隣の執務室のドアをノックした。

「はい」

「失礼致します、楠木さん」

ドアを閉めて奥にいる楠木さんの方を向く。彼は私と宇部さんの間になにかがあったことを知っているようで、表情が神妙だ。

「お前と宇部、なにやってんの？　丸聞こえとはいかないまでも、なにか言い争ってるのはさすがにわかるぞ」

「隣ですもんね……すみません、ご心配をお掛けしてしまいまして……」

椅子の背に凭《もた》れながら、楠木さんが腕を組み、私に尋ねてくる。

「で、なにが原因なんだ？」

「原因は私が宇部さんを好きすぎて、束縛しかけていることに気がつきまして……だったら秘書をしている自分の方がいいと思ってしまったんです。勢いで思わず秘書に戻りますって言ってしまいました」

「え？　ひ、秘書に戻る⁉」

楠木さんが驚いたように身を乗り出してくる。

「恋人になれたのはもちろん嬉しかったんです。ずっと好きな人でしたし……でも、いざ恋人になったら今度は宇部さんに女性の影が見えただけで、この世の終わりみたいな気持ちになって居ても立ってもいられなくて……もう、自分で自分がよくわからなくなってきちゃって……」

「いや……あのな、恋愛なんてそういうもんじゃないのか？」

楠木さんが「なにを今更」みたいな顔をする。

「そうかもしれませんが、こういう気持ちになる度にまた宇部さんを疑って、不安になって……って、キリがないし……宇部さんに女性が寄ってこない、なんて絶対あり得ませんし」

「そう断言する根拠は？」

「だって、宇部さん格好いいから」

はっきり言ったら、楠木さんが苦笑する。

「そこまで好きなのに秘書に戻っていいのかよ」

楠木さんに確信を突かれてグッと唇を噛む。正直今の私は、どの選択が正しいのかはわからない。

「わかりません……でも、少し冷却期間を置きたいというか、考える時間が欲しいんです。それに今、宇部さんとやりあってしまった手前、しばらく顔を合わせづらいのです。なので、楠木さんにお願いがあります」

私はつかつかと楠木さんのデスクに歩み寄る。ただ近づいただけなのに、なぜだろう。楠木さんが怯《おび》えたようにビクッと体を震わせる。

「なんだ。俺にしてやれることなんかたかが知れてるぞ」

「大丈夫です。楠木さんにしかできないことです」

私はにっこりと微笑み、楠木さんにあるお願いをした。

第八章　王子様は高速道路でやってくる

ドゥルン、ドゥルルル……

大きなエンジン音が響く空の下。ハンドルを握り、前と後ろを定期的に確認しながら進む。日よけのつばが大きな帽子を被り、ジャンパーとジャージズボンに長靴という格好で。

「う〜ん、車は違うけどこの振動は……いいな」

ちなみに今私が操っているのはマイカーではない。我が家が所有する三十五馬力のトラクターである。

今やっているのは作物を植える前段階、トラクターにアタッチメントをつけ畑を耕す作業である。

こうやって畑を耕すことにより土の中に空気が補給され、微生物がよく働くようになり野菜の育ちもよくなるというわけだ。

父が収穫した野菜をトラックに積み、出荷場に持っていっている間、父に代わりこの作業を買って出た。

いつもは車で感じる振動を心地良いと思う。しかしなかなか乗ることがないトラクターの振動というものもなかなかいい感じだ。

快調を維持したまま畑の端っこまで進んだとき、私の名を呼ぶ声が聞こえてきた。

「世里奈〜〜‼　お昼よ〜〜‼」

声に反応してそちらを見れば、腰にコルセットを装着した母の姿があり、ギョッとする。

「ちょ……出てこなくていいって言ったのに！」

なにかあったらスマホに電話するように伝えておいたのに……と思いながらエンジンを止め、トラクターからひょいっと降りた。

「お母さんたら、電話してって言ったのに。そんなに動いて大丈夫なの？」

窘めながらあぜ道を歩き母の元へ行く。すると私を見て、腰に手を当てた母が口を尖らせる。

「そうだけど、ただ座ってるだけなんて体がなまっちゃって。じっとしてるのは性に合わないのよ」

白いコルセットを装着した母が、腰をさすりながらゆっくり歩き出す。

母は数日前にギックリ腰を発症し、しばらくほぼ寝たきりの生活を送っていたのだ。今はだいぶ起き上がれるようにもなり、コルセットの力を借りてこうして普通に歩けるまでに回復したのだが、やはり無理はよくない。

「それでもお願いだから無理はしないでよ？　最初聞いたときはびっくりしたんだから、こっちは」

「ごめんごめん。でも、まさか世里奈が来てくれるとは思わなかったからびっくりしたわよ。遅い夏休みと勤続五年でもらえる一週間のお休みを同時に取得したんだっけ？　それにしてもよく会社の方も二週間もお休みくれたわねえ……こっちは助かっちゃったけど」

にこにこしながら話す母の横で、私は実家に帰ってくるまでのことを思い出し苦笑いしていた。

宇部さんと喧嘩したあの日。

私は楠木さんにお願いして二週間の休みをもらうことに成功した。

夏休みも勤続五年の休みもまだ取得していなかったこともあり、ダメ元でお願いをしてみたのだが、意外にも楠木さんは快《こころよ》く長期休暇の取得を許可してくれた。

『いいよ。ゆっくり休んでじっくり考えろ。それで、宇部にはなんて言う？』

『普通に。遅い夏休みとでも言っておいてくだされば』

こう言ったら、楠木さんが困り顔になる。

『お前、自分で宇部に説明しないのか？』

楠木さんにズバリ指摘され、返す言葉に困ってしまった。

『今話すとまた口論になっちゃいそうですし。私も声聞くと気持ちが昂《たか》ぶるんで、しばらくは距離を置きたいんです』

『……そうか、わかったよ。俺はお前が戻ってきてくれればそれでいいから』

『楠木さん、ありがとうございます』

その後急遽宇佐美さんに事情を話して引き継ぎをし、宇部さんには会わないままオフィスを後にした。

真っ直ぐ自分のアパートに向かいながら彼からいつ電話が来るかと戦々恐々としていたのだが、いざ着信音が響き慌ててスマホの画面を見ると、発信元は母だった。

なんだ、こんな時間に電話なんて珍しいな……と通話をタップする。耳に当てた途端、珍しく意気消沈したような母の声が聞こえてきた。

何事かと思えば、ギックリ腰になってしまった、という愚痴だった。それを聞いて自分が明日から長期休暇に入ることを思い出す。

『あ、じゃあ私明日から休みだから、そっち行くよ。多少はお母さんの代わりできるかもしれないし』

こう伝えると、最初は戸惑っていた母だったが、『助かるわ～』と喜んでくれた。

というわけでアパートに到着した私は、すぐ必要最小限の荷物だけ持ってマイカーに乗り込み、実家に飛んで帰ったのである。

作業を中断した私は母と一緒に自宅に戻り、祖父母と両親と共に昼食をとる。

「ほら、世里奈。このお茄子《なす》食べてごらん。とろとろで美味しいのよ」

今は母が腰を痛めていることもあり、いつもは母が主で引き受けている食事の支度を祖母がほぼ一人で請け負ってくれた。

「うん、いただきます」

祖母に焼き上がったばかりの茄子が入った皿を手渡される。ただ焼いて鰹節《かつおぶし》をまぶし、上から醤油《しょうゆ》をかけただけだが、口の中でとろりと蕩ける食感の茄子は格別の美味さだった。

「この茄子美味しいね」

「そうでしょう。たくさんあるから、むこうに帰るとき持って行きなさい。でも、世里奈は今後どうするの？こっちに帰って来るのかい？」

「えっ」

まったく他意のない祖母の言葉にこの場の空気が変わる。静まり返る中、先に口を開いたのは祖父だった。

「……やめなさい。世里奈は向こうでちゃんと仕事を持ってるんだ。こっちに帰る必要なんかない」

食事の手は止めないまま祖父が言い放つ。父と母、そして祖母が一斉に祖父を見つめた後、今度は私に視線を寄越す。

祖父は短期の帰省ならまだしも、本格的に私がこっちへ帰るのにあまり賛成ではないらしい。このとき初めてそのことを察知し、胸がざわつきだす。

「いやでも……ほら、今回みたいにお母さんになにかあったときとか、私が代わりに……」

「今回は仕方ないが、俺もばあさんも健康だし、まだまだできる。世里奈の手を借りなきゃいけないほどじゃない。お前はまだ若いんだ。家のことなんか気にせず、向こうで自分がやりたいことをやりなさい」

ピシャリと言われてしまい、返す言葉がない。

「……おじいちゃん……」

話を終え、味噌汁をずずずと啜《すす》る祖父を見つめる。すると祖父の言葉をフォローするように、母が口を開いた。

「ほら、おじいちゃんも世里奈のこと心配してるのよ。でも、私はどっちだっていいわよ。もう帰りたいって思うんなら、帰ってきたらいい。誰も世里奈が決めたことに反対なんかしないから、ね？」

「うん……ありがとう」

必死にフォローする母と微笑む父。そして祖母にお礼を言う。本当に、この人達に心配を掛けてはいけないと改めて思ったのだった。

――逃げ……だと思われたかな。おじいちゃんは、完全に今の私の心境を見抜いているようだ……

食事を終えた私は、以前使っていた自分の部屋に移動し、フローリングに畳んでおいてある布団に座り込んだ。

さすが八十年近く生きてる祖父の洞察力はだてじゃない。

ハア～……とため息をつきながら、私はジャージズボンのポケットに忍ばせておいたスマホを取り出した。

そして画面に表示させたのは着信履歴。信じられないことに宇部さんからの着信でほぼ埋め尽くされている。

――鬼電《おにでん》……あの宇部さんが……鬼電……

画面を見ると途端に気持ちが沈む。沈んで沈んで、畳を突き抜けて一階まで落ちてしまいそうなくらい。

宇部さんから電話をもらったのは、実家に帰省した夜。そう、私がちょうど高速道路に乗って実家までマイカーを走らせている最中だった。

電話がかかってきているのは気がついていた。ついていたけど、なにを話したらいいのか頭の中が整理できていなくて、コールバックできなかった。

その後一日に数回かかってきた電話だが、ここのところはもうかかってこない。それがどういう意味なのか、ずっと近くで宇部さんを見ていた私はわかる。

――きっともう、どうでもいいという境地に達したな……

もうあんなやつはどうでもいい。恋人を辞めたいなら勝手に辞めればいい。宇部さんのことだ、こんな風に思われているに違いない。

――まあ、思われても仕方がないようなことをしてしまったのだから、どうしようもないんだけど……

この数週間、自分には起こらないだろうと思っていた事件がたくさん起きた。

戸惑ったり、照れたり、恥ずかしくて死にそうになったり……

なにより、ずっと憧れていた宇部さんとああいうことになり、恋人にまでなれた。でも現状はこんなだけど。

――本当は逃げるんじゃなくて、ちゃんとこれまでのことに対してお礼を言うべきなんだよね……

とはいえ、過去最高に気まずい状況が続いているので、やっぱり電話はできないままなのだが。

画面に表示させた宇部さんの番号を見たまま、ハア～と項垂れていると、いきなり画面に別の人の名前が出てビクッとする。着信は十茂さんからだ。

「えっ、十茂さん……？　珍しいな」

通話をタップしスマホを耳に当てると、十茂さんのころころとした可愛らしい声が聞こえてきた。

『あっ、碇さん？　ごめんなさいお休み中に……今どちらですか？』

休暇中であることを知っている、ということは楠木さんから話は聞いているな。

「いいえ、大丈夫です。実は今、実家に来ているんです。休みだって知っているということは、楠木さんから話は聞いてるのですね？」

『ええ、聞きました。宇部さんとその……喧嘩したって』

――喧嘩、かあ……でもあれって喧嘩なのかな……？　私が一方的にこじらせたような気もするけど……

その辺りははっきりしないのだが、今現在仲がこじれているのは事実だ。

「……私、宇部さんに秘書に戻りますって言ったんです。しかもそのまま話し合いはせず長期休暇を取得してしまったので、宇部さん今頃きっと怒ってると思うんですが」

『いやあ～？　大丈夫みたいですよ。夫から聞く限り、宇部さんは少なくとも怒ってはいないみたいです』

十茂さんの言葉に、つい目をパチパチさせる。

「えっ？　怒っていない……？　本当ですか？」

スマホの向こうで十茂さんがクスッと笑った気配がした。

『ええ。怒るどころか碇さんから電話もない、アパートにもいないってものすごく落ち込んでいるらしいです』

「宇部さんが、落ち込む……？　しかもアパートに来たんですか……」

まさか彼がそこまでするとは思わなかった。しかも落ち込んでいるだなんて、本当だろうか。

『みたいですよ。ねえ、碇さん。本当に秘書に戻っちゃうんですか？』

「……それは……本音を言えば今のままの関係でいたいですよ。でも、宇部さんに女性の影がちらついただけで、不安になってしまったり宇部さんを問いただすようなことをしてしまったり……そんな自分が嫌で。それなら、元の関係の方がいいって思ったんです……」

『いやー、碇さん。それは誰だってそうです。私だって、夫に女性の影があったら気になってなにも手につかなくなりますし』

「でも、私のは束縛レベルなんです……宇部さん、困ってました。私は彼にあんな顔をさせたくはないんです……」

またあのときのことを思い出して肩を落とす。でも、そんな私に十茂さんが檄《げき》を飛ばしてくる。

『そんな、私に言わせれば碇さんのそれはまだ束縛にはほど遠いですよ！　せっかくの初恋が実ったのに、自分からそれを手放すようなことしちゃ勿体ないです！　余程のことがあったのならまだわかるけど……それに、不安になることなんか今後付き合ってたらいくらでもありますよ？　だからお互いに不安にならないよう、常にコミュニケーションを取るべきです。碇さんと宇部さんは、単なるコミュニケーション不足だって私は思うんです』

「と……十茂さん……」

彼女の優しい声音に、気持ちが緩んで眦《まなじり》に涙が溜まる。

『だからもう一回ちゃんと宇部さんと話してみてください。秘書に戻る決断は、それからでも全然遅くないですよ！　と、私と夫が申しております』

「す……すみません……ご心配をお掛けしてしまって……し、新婚さんなのに……」

指で涙を拭っていると、スマホの向こうからクスクスと笑い声が聞こえてきた。

『いや、新婚関係無いから……それで、今はご実家でなにしてるんです？』

十茂さんに聞かれるまま、実家で母の代わりに家業の手伝いをしていることを伝えた。すると十茂さんが『ええっ』と驚いたように声を上げた。

『せっかくの休暇なのにお仕事してるの……‼　碇さん……すごすぎる……』

「あ、いえ。仕事というにはほど遠いのでご心配には及びません。私がしているのは手伝いですから」

『そうなの……？　でも、碇さん思ってたより元気そうでよかった。夫から話を聞いて、余計なお節介かもしれないけど、どうしてもそのことだけは伝えたかったの』

「ありがとうございます……十茂さんは、本当に素晴らしい方ですね。楠木さんが十年も十茂さんだけを思い続けていたのがよくわかった気がします。私がもし男で結婚するなら、十茂さんがいいです」

『えっ。やだ。本気で嬉しい……‼　ありがとうございます』

楽しい雰囲気のまま電話を切った私は、そのまま後ろの布団にバタンと倒れ込んだ。

——コミュニケーション不足……かあ……

手にしていたスマホの画面に表示された時計を見る。今頃宇部さんは昼食を取っている頃だろう。今なら電話しても仕事の邪魔にはならないはず。ならば電話してみようか。してみる？

……しよう。

決心し、スマホに宇部さんの番号を表示しタップしようとする。が、恐ろしくいいタイミングで、母が私を呼ぶ声が聞こえてきた。

「世里奈——‼　ちょっといい？」

「……っ、わ、わかった。今行く！」

スマホをジャージズボンのポケットに突っ込み勢いよく立ち上がった私は、そのまま部屋を出て母の元に急いだ。

＊＊＊

「宇部……今、自分がどんな顔してるか知ってるか？」

昼休みももうすぐ終わりという頃合いに執務室に入ってきた楠木が、俺の顔を見てニヤニヤする。

「……もう、なんとでも言えよ」

やつの皮肉にいつもならこっちも冗談で切り返すところだが、あいにく今の俺にそんな気力はない。

頬杖をついてモニターに視線を移そうとすると、楠木が俺のデスクに寄りかかる。

「碇と連絡は取れたのか」

その問いかけに、ますます気分が重くなる。

「かけてもかけても出ないから、ウザがられてるんじゃないかと思ってここんところしてない」

「……仲直りは早いほうがいいぞ？」

「そんなことはわかってる」

——わかってるんだよ、そんなことは。

好きなのはお前だ、と言ったにもかかわらずあいつに他の女性との仲を勘ぐられた。今になって思えば、そのことがショックだったのかもしれない。

なんでわかってくれないんだ、俺の事が信じられないのか。という思いから苛立ちが生まれ、いつになく感情的になってしまったことは認める。だが、まさか世里奈が恋人から秘書に戻りたい、なんて言い出すとは思わなかった。

多分俺は彼女に甘えていたのかもしれない。世里奈なら、なにを言っても許してくれる。冷静に受け止めてくれる、と。

だから今のこの状況は……俺にとっての戒《いまし》めみたいなもの。彼女が今一人になりたいのなら、それは構わない。

でも、恋人から秘書に戻りたい、などという願いは到底受け入れられない。

——できるわけねえだろうが、いまさらそんなこと……

沸々と苛立ちがこみ上げてきて、無意識のうちにデスクを指で叩いていた。すると、そんな俺を見て、楠木が「ははっ」と声を出して笑う。

「そんなに気になるなら会いにいけばいいのに」

「簡単に言ってくれるな。あいつ今アパートにいないんだよ。車もねえし……またサーキットにでも行ってるんじゃないか」

「いやあ？　今はご実家にいるそうだよ。さっきうちの妻から連絡があってね。直接碇から聞いたそうだ」

無意識のうちに机を叩く指を止めていた。

「……なんだと？」

「だから、碇なら今、実家にいるんだよ。迎えに行ってや……」

「楠木。俺の午後の予定は全部キャンセルだ。すまん。埋め合わせは必ずする。だから……」

椅子から立ち上がると、楠木が皆まで言うなと俺に手のひらを向ける。

「もうそのつもりでいたよ。だから安心して行ってこい、花束のひとつでも持ってな。ところでお前、碇の実家知ってるのか」

「同郷だからな、おおよその見当は付いてる」

ハンガーに掛かっていたジャケットをひったくり、俺は足早に執務室を出た。

＊＊＊

なんだかんだで母に頼まれた用事を済ませていたら、あっという間に夕方になってしまった。

――時間経つの、早……

自宅の前にある畑にて夕食の食材を収穫していた私は、見事なまでに輝く夕日に見とれ、収穫する手を止めた。

――久しぶりだなあ、こんなにのんびり夕日を見たの……

必要なだけ野菜を収穫すると、カゴを胸に抱え実家に向かって歩き出した、そのとき。実家の敷地内にさっきまでなかった車があることに気付く。

黒く光る車体の後部に輝いているメーカーのエンブレムには見覚えがある。もちろん、ナンバーも。

誰のものか分かった瞬間、私の足が止まる。

自分も運転したことがあるその車の持ち主は、宇部さんだ。

――嘘だ……

今自分に見えているものが本物なのかが信じられない。私はカゴを抱えたまま、車を見つめ立ち尽くす。

すると車のドアが開き、中から男性が出てきた。その男性は私に背を向け、手にしていたスーツのジャケットを羽織り、ふと私の方を振り返った。

「……世里奈」

私がいることに気付き、彼の目が大きく見開かれる。

やっぱり思ったとおり、宇部さんだった。まさか彼がここに来るなんて。

「う、宇部さん……」

――どうしよう。どうしよう。宇部さんがいる。

この状況から逃げ出したい衝動に駆られる。でも、さっきの十茂さんの言葉が頭を掠めて、これじゃいけないと思いとどまった。

「……なにやってんだ」

私が固まっていると、宇部さんがつかつかと歩み寄る。

「なにって……収穫です。これを今晩の夕飯に……」

手元のカゴに視線を落とすと、すぐに宇部さんの声が飛んでくる。

「そうかもしれないがそうじゃない。ここ一週間のことをひっくるめて聞いている。俺になにも言わず長期休暇を取った挙げ句、一本の連絡も寄越さない。いくらなんでもひどくないか」

じりじりと私に詰め寄る宇部さんの表情は険しい。これは、どこからどう見ても怒っているとしか思えない。

「……それは……」

——十茂さん、怒ってないって言ってましたよね？　でも、怒ってるみたいなんですけど……‼

私が宇部さんの体から出る怒気をはらんだオーラに圧倒されていると、なぜか彼がピタッと足を止めた。

「……いや、すまん。今日は文句を言うためにここまで来たんじゃない。お前に、俺の気持ちをもう一度聞いてもらう為に来たんだ」

ばつが悪そうに額を押さえた宇部さんに、私の体から力が抜けていく。

——気持ち……？

「あの、宇部さん、どうして私がここにいることを……？　それに私、実家の場所を教えたことありましたっけ……？」

「実家にいることは楠木の奥さんに聞いた。実家のことは以前地元が一緒で、どのあたり出身という話はしたことがあったからな。この辺に住んでる高校時代の友人に聞いてみたら、農業やってる碇さんならあの辺だろう、とおおまかな場所を教えてくれた。それでもどの家がお前の実家なのかまだわからなかったんだが、通りかかったところに運良くお前の車が駐まっているのが見えてここだとわかった」

宇部さんが私の車に視線を送る。確かに、以前サーキットに行っていたと話したとき、話の流れでどんな車に乗っているかを彼に細かく説明したことがある。それをちゃんと覚えていたのだろう。

というか、この辺りでスポーツカーが停まっているのはうちしかない。

しかも十茂さんまで絡んでいるとは……。

——昼に十茂さんから場所を聞いて、それからここに向かったってこと……？

「……お見事、です……。でも宇部さん、仕事は……」

「昼にお前の場所を聞いてすぐ半休取ったんだ。もちろん楠木も承知してる。心配は要らない」

「そうですか……」

「世里奈」

宇部さんがまた一歩、私に近づく。

「どうしてあの日、あんなことを言った？　なんでああいうことになったんだ」

真剣な表情の宇部さんを前にしたら、誤魔化したり、嘘をつく気にはなれなかった。

「バスク・オ・マロン……」

「は？」

いきなり私が口にした言葉に、宇部さんが目を丸くする。

「久泉さんが、宇部さんが好きだからってバスク・オ・マロン持ってきたんです。私、そんなこと知らなくて……」

そう、そもそもはあれが原因だった。

私が知らない宇部さんの情報を久泉さんが持っている。そのことに激しく心が揺れた。

「そんなことがきっかけだったのか？」

未だ信じられない、という顔をしている宇部さんに、ついカッとなる。

「だって、宇部さん甘いもの苦手なはずなのに、なんで彼女はあんなに自信満々に……」

最後まで言う前に、宇部さんが手で制止した。

「落ち着けよ。俺、甘い物は苦手だよ。彼女があのお菓子を持ってきたのは、多分俺が以前、フランスの伝統菓子の中ならバスクは食べたことがあるかな、って言ったのを覚えてただけだと思う。決して好物だなんて言ってないぞ」

「でも……じゃあ、なんであの人あんなに自信満々だったんですか⁉」

「あの人はいつも自信満々なんだよ」

宇部さんが呆れたように吐き捨てた。

「うそ……」

真実が分かって、肩から力が抜けていく。

「理解したか？」

微笑む宇部さんを前にしたら、なにを言ったらいいのか分からなくなってくる。だけど、ちゃんとあのときのことは説明しなきゃいけない。そう思い、必死で頭を働かせた。

「……私、好きな人が絡むとすごく面倒な女になってしまうんです。相手の行動がいちいち気になったり、女性の影がちらついたらそのことばかり考えて……実はすごく嫉妬深くて重たい女だったことをこの歳で初めて知ったんです。こんな女が恋人じゃ宇部さんだって困るだろうと思って、だから……」

「それで恋人やめて、秘書に戻ろうとしたのか」

抱えているカゴをぎゅっと強く抱きしめ、視線を落とす。どんな返事がくるかと息を潜めていると、宇部さんが私から目を逸らし、ため息をついた。

「アホか」

宇部さんの言葉に衝撃を受けて唖然《あぜん》とする。

「そんなもん、当たり前だろうが」

「……え？」

「好きな相手のことが気になったり、他の異性が近づいたらモヤモヤするのは、俺だって一緒だよ」

もどかしい様子で頭に手をやり、髪を掻《か》き上げる。

「でも……私は束縛レベルだって……」

「あれはたとえで言っただけであって、本気でそう思って言ったんじゃない。でも、あの言葉にショックを受けたのなら謝る。俺も考えが足りなかった。ごめん」

このとおりだ、と宇部さんが頭を下げてくる。

「……そんな、やめてください」

宇部さんに頭を下げさせるつもりなんかなかった。私がオロオロしていると、体勢を戻した宇部さんが口元に手を当て、小さく咳払《せきばら》いをした。

「それとこの際だから、お前がずっと気になってたであろうことを教えてやる。俺が塩川社長や久泉さんと会っていたのは、塩川社長からお前を守るためだった」

「……は⁉」

ここへ来てまったく想定していなかった事実を知らされて、持っていたカゴから野菜が落ちそうになる。

「宇部さん、それはどういうことで……？　守る、とは……」

「実は結構前から塩川社長はお前に興味を抱いていて、俺に会う度にお前と二人になる機会をセッティングしてほしいと頼まれていたんだ。仕事の面では彼を信頼しているんだが、塩川社長は恋愛となるとちょっと強引な面もあるらしくてな……人伝いにそれを聞いてから、どうにか世里奈に興味を持たないよう毎回それとなく話を逸らしたりしてたんだが、あの人もなかなか手強《てごわ》くて」

初めて知る事実に目をパチパチさせる。

「う、嘘……全然知りませんでした」

「お前に気づかれないようにしてたからな。でも、最近はそんな俺の態度に業を煮やして、塩川社長自らお前に接触するようになってしまったんだが」

「そうでしたか……でも、私、好きな人がいるって言いました。全然響いていないみたいでしたけど」

「あの人超肉食らしくて、相手に男がいるいないは気にしないらしい。そこで事務所の共同経営者で、実は元妻である久泉さんの言うことなら聞くかもというアドバイスを知り合いからもらったので、彼女に相談したんだ。彼を止めてくれと。でもそこで想定外の事態が起きてな」

宇部さんが目を細め、困ったように眉根を寄せた。

その顔を目の当たりにして、すぐにあることが頭に浮かんでくる。

「……それってもしや、久泉さんが宇部さんのことを好きだった、とか……」

「……まあ、そんなところだ。でもそれを聞いてすぐに俺は碇が好きだから、気持ちには応えられない、と言ったんだ。そのとき久泉さんはあっさり納得してくれたんで安心していたんだが、その後だ。彼女、お前になにか余計なことを吹き込んだな？」

「……宇部さんに、『俺には君しかいない』って言われたって……だから、宇部さんとの仲を邪魔しないでって……」

あのときのことを暴露すると、宇部さんが不愉快そうな表情で「ちっ」と舌打ちする。

「俺は『塩川社長を止められるのはあなたしかいないんで』とは言ったが、そういうことを言った覚えはない。それはアレだ。彼女はお前に嘘を吹き込んで俺との関係を壊し、あわよくばお前と塩川社長がくっつくよう彼の援護射撃をしたかったらしい。それでもし俺たちが別れれば自分にとっても好都合だから、と」

「ええ、じゃああれ、完全に嘘だったんですか⁉　ひどい……」

彼女が言ったことを信じてあんなに悩んだのに。本気でショックだ。

「お前から久泉さんに会ったと聞いた後、彼女に直接電話して事情を聞いたから間違いない。さすがにこればかりは黙っていられるほど俺もできた人間じゃないんでね。少々苦言を呈したら向こうから謝ってきた」

宇部さんの話を聞きながら、私は徐々に抜け殻みたいになっていく。

──私、久泉さんにまんまと騙《だま》されてたんだ……間抜け過ぎる……

あんな嘘すら見抜けないで、どこができる秘書だよと、自分に強めの突っ込みを入れたくなる。

「塩川社長には改めてお前に手を出すなと釘《くぎ》を刺した。それでもまだなにか言ってくるようなら、今度は別の方法を考えても……って、世里奈？」

話し続けていた宇部さんが、呆《ほう》けている私に気付く。

「……私……すっかりあの二人の手のひらの上で転がされて……こんなんじゃやっぱり秘書としても恋人としても、失格です……」

宇部さんが苦笑いする。

「でもな世里奈、恋人と秘書は、俺の中で天と地ほど扱いが違うぞ」

「……それは……わかってます。だから私、こっちに来てからずっと考えてたんです。どうするのが正解なんだろう、秘書がいいのか、恋人がいいのか。でも、何度考えても答えは一つしか出なくって」

これに対し、宇部さんの体がピクッとする。

「で、その答えはなんなんだ」

「……秘書と恋人、どっちも欲しいんです」

こんなことを言ったら呆れられるかもしれない。でも、どんなに考えても答えはこれに行き着くのだ。

すると宇部さんの口元が、だんだん可笑《おか》しそうに歪んでいく。

「いいんじゃないか。でも、恋人の比重多めで頼む」

私に歩み寄ってきた宇部さんが、カゴごと私を抱きしめてくる。

「えっ……！　あ、あの……」

ふわっと鼻を掠める彼の香りにあてられてしまい、付き合う前のようにドキドキして、目眩《めまい》すら覚えた。

「宇部さ……」

「し」

彼が私の頭を自分に引き寄せ、額を合わせてくる。その一瞬で視線が交差すると、私達はどちらからともなく顔を近づけ、キスをした。

会っていないのはほんの一週間なのに、どこか懐かしく感じる彼の唇。それをもっと味わいたい、もっとキスをしたい。そう思っていたのだが――

「世里奈――!!　野菜取るのにどんだけ時間かかってんの――!!　そろそろご飯作らないと……」

自宅の玄関先から威勢の良い声が聞こえて来て、私と宇部さんは弾かれたように体を離した。

二人同時に母の声がした方を向くと、運良く母はまだ玄関で靴を履いているところで、私達がなにをしていたのかを見ていたわけではなかった。

——あっぶな……

私が胸を撫《な》で下ろしていると、先に宇部さんが玄関に向かって歩き出していた。その姿に気付いた母が「えっ⁉」と声を上げ、目を丸くする。

「あれっ⁉　ど、どなた？　い、いい男……」

「こんばんは。突然申し訳ありません。私、宇部史哉と申しまして、世里奈さんの上司にあたります」

宇部さんがスマートに名刺を母に渡す。その宇部さんの名刺に視線を落としたまま、母は口をあんぐりしていた。

「えっ……か、会社の方……しかもCOOって……経営者の方ですか⁉　やだ、私ったら恋人が世里奈を迎えに来たのかと思っちゃった！　もしくは攫《さら》いに来たのかな、なーんて！」

母が照れながらこう言うと、なぜか宇部さんが母と私を交互に見てから、再び母と向き合った。

私からは見えないが、後で母に聞いたところ、このときの宇部さんの顔はそれはそれは美しかったらしい。

「そうです。娘さんを攫いに来ました」

その言葉に母と子の腰が抜けそうになったのは、言うまでもない。


宇部さんが碇家にやってきてから一時間ほどが経過した頃。私は宇部さんの運転する車に揺られていた。

高速道路は平日ということもあり、特別混み合うこともなく車は順調に流れている。このままだとあと一時間もすれば私のアパートに到着するだろう。

が。離れれば離れるほどマイカーが恋しい。私は宇部さんの隣で大きくため息をついていた。

「それにしても私の車……しばらく実家に置き去りだなんて……」

助手席で項垂れていると、聞き捨てならぬとばかりに宇部さんの声が飛んでくる。

「お前な……せっかく迎えに来たのに俺に一人で帰れというのか！　……どうせまた近いうちに来るんだ、そのときに乗って帰ればいいだろう。そうでなくともお前はじっとしていなさすぎる。今回だって電話に出ないから心配してアパートに行ってみりゃ、もう車ごといなくなってたし……こんなにじっとしていない姫も珍しい」

「……私、姫なんかじゃないんで」

口を尖らせていると、運転席の方からフッ、と鼻で笑う気配がした。

「俺にとっては姫なんだよ」

まるでこの状況を楽しんでいるような言い方。だけど姫扱いされたこっちは照れてしまい、顔を上げられない。

――宇部さん、キャラ変わり過ぎじゃない？　実家でも家族に堂々と交際宣言しちゃってたし……

そう。さっきいきなり「娘さんを攫いに来ました」で私と母を腰砕けにした宇部さんは、私の家族に挨拶をすると、私と交際していることを堂々と宣言したのだ。もちろん、そのことを知った家族は驚いていたけれど、実家まで迎えに来てくれたことにいたく感動して、すんなりと交際を認めてくれた。

特に祖父は、このまま宇部さんと一緒に帰りなさいと強く私の背中を押した。

『お忙しいのにこんなところまで迎えに来てくれたんだぞ、手ぶらでお帰しちゃいけないだろう。世里奈、こっちのことはいいから、このお方と一緒に向こうへ帰りなさい』

こう言って、祖父は地酒《じざけ》の一升瓶を彼に土産として渡し、私達が帰るのを見送ってくれた。なにげに今回の帰省は、祖父の男前ぶりをこれでもかと思い知る羽目になったのである。

「お前のご家族、皆いい人ばっかだな」

ハンドルを握りながら正面を見据える宇部さんが、しみじみ呟く。

「……本当ですか？　ありがとうございます……私も、皆大好きなんです。そういえば宇部さんのご家族って皆さんこっちにいるんですか？」

「いるよ。俺以外の家族三人はこっち。全員会社員で、バリバリ働いてる」

「そういえば妹さんいらっしゃるんですよね？　宇部さんに似てるんですか？」

「そんなに似てるとは思わないんだが……背が高くて、お前くらいあるかな」

「へえ……そうなんですね」

これで宇部さんのことをまた一つ知ることができた。それだけで嬉しくなってしまう私は、本当にどれだけこの人のことが好きなのだろう。

「それで、いいんだよな？　お前、このまま俺の恋人っつーことで」

運転しながらかけられた言葉に、私は膝に手を乗せたままこくん。と頷く。

「はい……わ、私でよければ……どうか引き続き恋人としてお側《そば》に置いてください……」

「固い。いつの時代だよ。そもそもお前は色々余分なことを考えすぎなんだよ。……ま、いいか。その考え方、俺が矯正してやるから覚悟しとけ」

「はい……」

覚悟なんかとっくにできてます、と心の中で返事をした。

「ついでに、俺のことは宇部じゃない。名前で呼べ」

「名前……ふ、ふみ、やさん……？」

「もっと滑らかに。はい」

「史哉さんっ」

名前を口にしてすぐ、私は両手で顔を覆いシートに背中を預ける。そんな私を運転席からチラ見していた宇部さんが、呆れたように「おい」と声を上げた。

「名前呼んだだけでなんでそんなに照れるんだよ。忘れているみたいだから思い出させてやるが、俺とお前はもう、あんなこともこんなことも……」

「イヤ――――‼　やめてください‼　思い出しちゃうから‼」

真っ赤になりながら私は耳を塞ぎ、宇部さんの声を遮断する。こんな感じでふざけ合っていると、一時間などあっという間だった。気がつけば車は高速道路を降り、一般道を走っていた。

だけどよくよく景色を見ると私のアパートに向かう道と微妙に違う。

「史哉さん、この道……うちへの近道……とかじゃない……？」

「俺んちに向かってる」

「えっ……⁉」

てっきり私のアパートに向かってるのだとばかり思い込んでいたので、予定外の行き先変更に少々戸惑う。

「着替えとかはバッグに入ってるだろ？　それに、休暇はあと一週間ある。その間俺の部屋でのんびりしたらいい」

「えええ⁉　そんな……逆に落ち着かないですよ」

「だからだよ。そういうウブなところも可愛いくて嫌いじゃないが、今後のことを考えてもう少し俺と一緒にいることに慣れなさい。いいね、これは上司命令」

「……っ、こんなところで上司命令だなんて、ずるいです……っ」

熱が集まり始めた顔を見られたくなくて、顔を窓側に背けた。

――ずるい。史哉さんはほんと……ずるい。命令だなんて言われたら、従うしかない。

しばらくすると、何度かお邪魔した史哉さんのマンションが見えてきた。敷地内の駐車場に車を停め、後部座席から荷物の入ったバッグを取り出していると、史哉さんが車の後方に周り、ラゲッジルームを開け中からなにかを取りだしていた。

それをなんの気なしに見つめていた私は、彼の手元が見えた途端心臓が口から飛び出そうになる。

「えっ……史哉さん、それ……」

史哉さんが抱えていたのは、パッと見では何本あるかわからないほど大きな赤い薔薇《ばら》の花束だった。

「世里奈」

薔薇の花を抱えた史哉さんが、少し恥ずかしそうに私に歩み寄る。

「これからも変わらず、俺の側にいてほしい。俺と……結婚してくれ」

思わず手にしていたバッグを落っことした。

「ふ、史哉さん……‼　どど、どうしたんですか、こんな……」

スーツを着た史哉さんと薔薇の組み合わせは、これ以上ないほど絵になっている。そのことに気を取られがちだが、言われた内容を思い出すと手が震えてきた。

ずっとずっと好きだった人からのプロポーズ。

自分にこんなことが起こるなんて。

「……言っておくが、こんなことをするのは一生に一度きりだ。で、世里奈。返事は？」

ずいっと差し出された花束をゆっくり受け取ると、私は何度も何度も首を縦に振った。

「はいっ……よろ、よろしくお願いします……っ私、ずっと史哉さんについていきます！」

「よし。その言葉忘れんなよ」

私の頭をくしゃっと撫で、史哉さんが微笑む。それはこれまで見て来た中でも極上の微笑みだった。

史哉さんの部屋で荷物を片付けていると、リビングの入り口付近から声をかけられた。

「世里奈、風呂」

「あ、はい」

つい習慣で風呂の準備をするものとばかり思い込み、バスルームへ向かう。しかし浴槽にはすでにお湯が張られており、私の頭にクエスチョンマークが浮かぶ。

「準備できてますけど」

私の後からバスルームにやってきた史哉さんに尋ねると、真顔で返される。

「なに言ってんだ？　今から一緒に入るんだよ」

「はっ⁉　そ、そんなの聞いてない……」

困惑している間に史哉さんはさっさと服を脱ぎ捨て、全裸になってしまった。

「今言ったからな。お前も脱げよ」

「いややや、史哉さんの前では脱げませんって！」

ブルブルと首を横に振り抵抗してはみたものの、あっさり服の裾を掴まれてしまう。

「今更なに言ってんだ。ほら、手上げろ」

「うう……」

スポッと頭から服を取られ、上半身ブラジャー一枚になる。こうなると諦めもつき、私も全裸になりバスルームに入った。

私に背を向けシャワーを浴びている史哉さんの肉体を前に、ドキドキと胸が跳ねる。その史哉さんが濡《ぬ》れ髪《がみ》を掻き上げながら振り返り、来い来いと手で私を誘う。

「おいで」

吸い寄せられたように彼の腕に包まれ、幾度となく唇を重ね合う。

シャワーを浴びているせいなのか、それとも史哉さんと抱き合っているせいなのか。私の体は熱く火照り始めていた。

「史哉さん、好き……」

史哉さんの頬を撫でながら、私から唇を合わせにいく。するとそれに会わせるように、彼が私に顔を寄せてくる。

「俺も……って、訂正。愛してるよ、世里奈」

両手で私の頬を固定して、史哉さんが深く口づけてくる。

「……っ、私も、あ……っ」

史哉さんの唇がどこまでも追ってくるので、最後までは言わせてもらえなかった。

――ま、いいか……これからいくらでも気持ちを伝える機会はあるんだし……

私は目の前にある史哉さんにしがみつきながら、夢見心地でキスを繰り返した。

これだけ盛り上がった私達がキスだけで終わるはずはない。この後バスルームからベッドに移動すると、今度はお互いの体を求め合う。

「あっ……ん、ああっ……‼」

ベッドに場所を移すなり、すぐに史哉さんが私を貫いてくる。

「……っ、世里奈……っ、お前もうこんなに濡らして……」

正常位で私を突き上げつつ、驚いたように声を上げる。確かに彼が言うように、ここに来るまでの愛撫で彼を受け入れる準備などとうにできあがっていた。はっきりいって、彼が欲しくて欲しくてたまらなかった。

彼の屹立が前後すると、ぬちゃ、という卑猥《ひわい》な音を奏で、それが聞こえるたびに私は羞恥に悶えるのだ。でも、今夜はそれすら絶頂を後押ししているように思えてならない。

抽送とともに上下する乳房を鷲《わし》づかみにされ、乳首を口に含まれ、舌で嬲られる。

「ん、あ、ああっ」

「……っ、気持ち、いいのか？　ここが？」

片方を舐めつつ、もう片方を指で弄《いじ》られる。

「……き……、気持ち、いいですっ……」

私が素直になると、史哉さんは満足そうな顔をして、また舌を這わす。

恥ずかしいのに、どうして私はこんなことを言ってしまうのだろう。でもそれはきっと、今の私はこの人との行為にすっかりのめり込んでいるからかもしれない。

彼と一つになりたい。そのことだけが、今の私を支配していた。

「ん、あっ、あっ……‼　だめ、史哉さん……っ」

胸に与えられる刺激と挿入で、私の中に生まれた快感は、あっという間に高まっていく。

「ダメって言われると、こっちは余計に燃えるんだけどな」

史哉さんが恍惚の表情で私を見下ろしてくる。それが妙に色っぽくて、下腹部がキュンキュン疼いてさらに彼を締め上げた。

「燃えるって……そ、んな……あ、ああっ……！」

いつもより気持ちが昂ぶっているせいなのか。それとも、史哉さんのテクニックがそうさせるのかはわからないが、とにかく今夜のセックスはこれまでと比べものにならないくらい……いい。

体を左右に捩りながらイヤイヤと首を振る。そんな私を見下ろす史哉さんは、どこか悦に入っているようだった。

「世里奈……っ、どこがイイ？　ここか？」

彼が一際奥を突き、その辺りをぐりぐりと執拗《しつよう》に擦ってくる。そこから伝わる強い快感が、私の腰をビクビクと震わせた。

「ああっ……いや、だめ、そこだめっ……‼」

彼の腕を掴む手に力を籠め、必死にこれ以上は無理だと訴える。でも、彼に止める気配はない。

「だめ、じゃないだろ？　ここがいいんだろ？」

抽送の速度が速まる。と同時に、奥の気持ちいい場所を的確に突かれ、常に与えられる快感に悶え続けた。

「んっ、ん……っ、い、いいっ……そこ……っ、あっ、あっ、あ――」

徐々に白け始めた思考で思うことは、たった一つ。

好きな人と体の奥深いところで繋がる。これ以上の悦びはないということ。

――好き……っ、史哉さん、大好きっ……‼

ただ彼に対する気持ちを再確認しただけで、むずむずと体の奥から上がってきた快感があっという間に私の中で弾けようとしている。

「……っ、お前のナカすげ……っ締め……っ」

史哉さんが顔を歪めながら、腰を打ち付ける速度を上げた。

「あ、あ、あっ、も、ダメ、イクっ……いっちゃうッ、あっ――‼」

高まりつつあった快感が頂点で弾け、私は足先を伸ばしたまま、体を震わせる。そしてすぐに体から力が抜け、ぐったりと天を仰いだ。それから間もなく史哉さんも苦しそうに呼吸を荒げ、腰を強く打ち付けてくる。

「っ、は……、あっ……せ、りなっ……‼」

目を閉じてすぐ、彼が上体を倒し、私の体を強く抱きしめた。そしてそのまま、爆《は》ぜた。

ガクガクと体を震わせ熱い息を吐くと、彼が私の肩口に顔を埋めてくる。

「世里奈……」

顔を寄せてくる史哉さんに、私から唇を重ねた。いつもより少し熱を持った彼の唇と、軽く啄《ついば》むように何度もキスをする。今度は彼が私の唇を啄んでくる。

「史哉さん、大好き」

彼の背に手を回し、ぎゅっと力一杯抱きしめる。

「世里奈……嬉しいけどいてえ」

クスクス笑いながら史哉さんが私の額にかかる前髪を指で優しく避ける。その最中、私はふとあることを思いだした。

「そうだ……あの、私まだ史哉さんに言ってなかったことがあって……」

「へ。なんだ」

笑っていた宇部さんの顔が、打って変わって神妙になる。

「実は……その……私、かなり昔から宇部さんのことが好きだったんです」

「え？　じゃあいつからなんだ？　大学時代からとか言うんじゃ……いや、大学は別だよな、じゃあまさか高校とか……」

そう言われてしまい、気まずくて彼から目を逸らした。

非常に言い出しにくい状況になってしまった。でも、ずっと秘密にしているのも嫌なのでここで言ってしまいたい。

私は両手で顔を覆った。

「私、高校一年の頃から史哉さんのこと好きだったんです……生徒会の役員やってる史哉さんを見てから、ずっと気になってて……そんなとき、学校帰りに史哉さんが散歩中の犬と無邪気に戯れてるのを偶然見ちゃって、そのときの宇部さんの笑顔が素敵で、完全にやられてしまって……」

「……は!?　高一!?　犬……？」

すぐ近くから困惑する彼の声が聞こえてくる。でも、仕方ないと思う。

「高校時代、会話をしたことは一度もないんです。ただ私が一方的に憧れてただけなので……だから大学も史哉さんの大学の近くの女子大を選んだんです。私、ずっとずっと史哉さんのことだけが好きで、史哉さんだけを見てきたんです。ひ……引きますか、こんな私……」

わかってはいたけど、自分でも好きすぎて引かれるレベルだと思う。見方が違えばストーカーと言われても大差ない。

――どうしよう。やっぱり言わない方が良かったかな……

ハラハラしながら、指の隙間から史哉さんを覗く。すると、なぜか彼は枕に肘を突き、ニヤニヤしながら私を見つめていた。

「……あの、史哉さん。なんで笑って……？」

ちょっと理解できない、と彼を見上げる。

「え？　いやあ……だって、他にいくらでもいい男がいるのに目もくれず、俺だけを見てくれてたんだろ。それってめちゃくちゃ嬉しいなって思ってさ」

「ひ……引かないんですか？」

「引かないさ。お前はただ俺のことを思っていただけじゃん。初めて喋《しゃべ》ったのだって、入社試験の面接のときだし。他の人はどう思うか知らんけど、俺は素直に嬉しいと思う」

そして彼は、私の頭をくしゃっと撫でて「ありがとうな」と言ってくれた。そのとき、彼だけを見てきた私の十二年間がすべて報われたような気がして、鼻の奥がツンとしてくる。

「ふ……史哉さん……私、ずっとあなたのことを思ってきて、本当によかった……」

目にじわっと涙がたまる。

何度も何度もこの人のことを諦めようかと思ったけど、本当に諦めなくてよかった。

泣きそうになっている私に気づくと、史哉さんが枕元にあるティッシュボックスからティッシュを抜き、私の目に当ててくる。

「その調子でこれからも俺だけを見てるように」

「私は大丈夫ですよ……史哉さんこそ、ずっと私だけで我慢できますか……」

そこが一番気になっていたところだったので、おもいきって聞いてみた。

「俺はこれから先、ずっと世里奈が側にいてくれればそれでいい」

私の頬を指で撫でながら、史哉さんが微笑む。そんな笑顔に、私は激しくときめいた。

「……好き。大好き……」

感情が昂ぶった結果、私は宇部さんに抱きつく。

「俺も。というわけで世里奈、もう一回しようか？」

「……はい」

頷いた途端、宇部さんに食べられているみたいなキスをされる。

――ああ、幸せ……本当に、幸せ……

彼の汗ばんだ素肌を撫でながら、私は言葉に言い尽くせない幸せを噛みしめた。

二週間の長期休暇を終え久しぶりに出勤すると、楠木さんが満面の笑顔で私を待っていた。

「久しぶりだなー。しっかり体休めてきたか？」

「はい。おかげさまで……二週間もお休みいただき、本当にありがとうございました。今日からこれまで以上に頑張りますので、よろしくお願いいたします。これ、うちの実家で作っている野菜です。よかったら」

実家から前日届いた新鮮な野菜を献上すると、楠木さんの頬がさらに緩む。

「おお、すげえ。ありがとう。十茂が喜ぶよ」

史哉さんに頼んで車で運んでもらった段ボールを執務室の邪魔にならない場所に置き、楠木さんのデスクに歩み寄る。

「十茂さんにもよろしく言ってください。彼女には色々と助けていただいて、本当に感謝しているんです。それと、楠木夫妻による連携プレーにも感謝しています。楠木さんでしょう？　私が実家にいることを宇部さんに話したのは」

ずっと笑顔だった楠木さんの表情が、一瞬だけこわばった。

「……バレた？」

「いくらなんでもわかりますよ。私、実家にいること十茂さんにしか話してないですから」

こう言ったら、さすがに楠木さんがそのときの状況を教えてくれた。

「十茂がな、碇との電話終えてすぐに俺のところに連絡くれたんだ。それで、このことは宇部に伝えるべきだと思って、すぐにあいつに教えてやった。そのときのあいつの顔、お前に見せたかったたな。聞いてすぐ居てもたってもいられない様子で、慌ててすっとんでいった。そのとき、冗談で花束のひとつでも持って……って声かけたんだけど、どうだった？　あいつ花束持って迎えに行ったか？」

けらけらと笑う楠木さんを前に、私は目をしばたたいた。

なんと。あのときの花束は楠木さんの入れ知恵だったのか。でもよく考えてみれば史哉さんとああいうことってぜんっぜん結びつかないし、自分からは絶対やらなさそう。

だけどそういうやりそうもないことを、私のために敢えてしてくれた。その気持ちがすごく嬉しかった。

ついつい顔が笑ってしまいそうになるのを、必死で堪えた。

「それは……まあ……はい……」

遠慮気味に頷くと、楠木さんが驚いたように目を見開く。

「嘘。あいつ本当に持っていったの？　やるな……」

楠木さんもまさか本当にやるとは思っていなかったようだった。

続けてもう一人の役員である多田さんの執務室に挨拶に伺う。どうやら彼も今回のことで私と宇部さんの関係に気付き、このところずっと心配してくれていたらしい。

「宇部なー、仕事中はいつも通りにしてたけど、時々重たーいため息ついたりして、どこかいつものあいつじゃなかったよ。でも、碇を迎えに行った辺りからいつもの宇部に戻ったから、アレか。結婚でも決まったか？」

「えっ……あ、あの……その辺りは、宇部さんから聞いていただければと……」

「そうか。じゃあ、その日を楽しみにしてる。宇部のこと、よろしくな」

笑顔の多田さんに手を振られながら、執務室を後にした。それにしてもうちの役員はみんないい人過ぎる。

楠木さんはもう既婚者だから、今度は多田さんだ。彼にも素敵な相手が見つかることを祈った——なんて、私が知らないだけで、もういい人がいるのかもしれないけれど。


復帰初日は溜まっていた仕事を片付けていただけで、あっという間に終業時刻を迎えてしまった。

机の上を片付けてから楠木さん、多田さんに挨拶を済ませ最後に史哉さんの執務室をノックする。

「はい」

「失礼致します」

部屋の奥から聞こえてくるいつもと変わらぬ声に思わず顔が笑う。史哉さんは私が姿を現すと、キーボードを叩いていた手を止め、こっちを見つめてくる。

「本日の業務は終了致しましたので、これで失礼致します」

「わかった。お疲れ様」

「お疲れ様です」

これまでと変わらぬ、上司と秘書のやりとり。でも今日はこれで終わりじゃなかった。

「世里奈」

「……はい」

帰ろうとドアの取っ手を掴んだところで、史哉さんの声がかかる。

「今夜はお前の実家で取れた野菜を使ったサラダが食べたいな。あと、メイン食材は牛肉にしようと思うんだが、どうだろう」

「かしこまりました。牛肉、大好物です、問題ありません」

「よし。じゃあ、肉は俺が買っていくから」

「承知致しました。では、のちほど」

目を合わせ合図をしてから、私は一礼して史哉さんの執務室を出た。

実は、残っていた一週間の休暇を利用して、私は史哉さんのマンションに引っ越したのである。

最初にその提案を聞いたとき、嬉しかったけれどすぐにうんと頷けなかった。というのは……

『他の女性が入ったことある部屋での同棲《どうせい》は、ちょっと……』

もちろんこれは私の勝手な想像でしかない。これだけいい男の史哉さんがこれまでに女性を連れ込んだことが一度もないなんて考えられなかったから。

しかしこれには宇部さんがものすごい勢いで反論してきた。

『ああ？　誰が女連れ込んだって⁉　んなこと一度だってねえよ。ここに入ったのは家族と楠木と多田、それとお前だけだ』

『……嘘……』

にわかに信じられなくて訝しんでいたら、史哉さんが困り顔になる。

『本当だって。楠木達に聞けばわかる。俺、ここ数年そういうこととは無縁の生活してたから。信じろよ』

『……わかりました。じゃあ、近いうちに引っ越しします』

彼の言葉を信じて引っ越しの手順を考え始めていたら、史哉さんがすぐ『いや』と被せてきた。

『近いうちじゃなくて、お前今時間あるだろ？　今週中に引っ越してこい』

『は⁉　こ……今週中⁉』

いきなり言われて超焦ったけど、確かによくよく考えたら休暇もあと一週間ある。特にやることもないので、空いた時間を引っ越しに当てるのはなんら問題ない。

というわけで史哉さんが仕事をしている間に私がせっせと荷造りをし、仕事を終えた彼がうちのアパートに立ち寄り荷物を持っていく。これを数日繰り返し、家具以外のものはすべて史哉さんの部屋に運び終えた。

アパートの管理会社や大家さんにも退去の連絡は済ませたし、隣人に挨拶もした。長い間一人で住んでいたお城を名残《なごり》惜しむ気持ちは多少あるけれど、やっぱり史哉さんと一緒にいたい。これに勝るものはなかった。

あとは今度の休みに家具を分解して必要な物は史哉さんの部屋へ、不要な物は処分するなり知り合いに譲るなりすれば、引っ越しは完了だ。

夕食のことを考えながらオフィスを出てエレベーターに乗ると、途中から小村さんが乗ってきた。

「こんにちは。お帰りですか？」

先に声をかけてくれた小村さんに笑顔ではいと返事をする。

「そうですか。僕はこれから取引先に行かなければいけなくて、まだ帰れそうにないんですよ。それより碇さんお久しぶりですね。このところお休みでした？」

「はい。二週間ほどお休み頂いてました」

「いいですねー。二週間だなんて、うちの会社は休ませてくれませんよ。それになんだか碇さん、明るくなりましたね。きっといいことがあったんでしょうね」

「……はい、そうですね。いいことがありました」

別に隠すことでもないのでさらりと返したら、小村さんが声を潜める。

「それってもしや、恋人がらみ、とか……？」

この質問には語らず、微笑みだけを返す。すると、これだけで小村さんは察してくれた。

「なるほど。それはよかったですね。でも、このビルに勤務している碇さんのファンはショックだろうな……」

苦笑する小村さんにどういう顔をしたらいいのか困ったまま一階に到着すると、彼は爽やかな笑顔で会釈をし先にエレベーターを出て行った。

――しかし……さっき言ってたファンって……本当にそんな人がいるの……？

それだけが気になりはしたが、まあいいかと割り切り、ビルを後にした。

史哉さんのマンションに着くと、早速段ボールの中から今夜の食材を取り出す。これは昨日、私の実家から送られてきた野菜だ。

野菜を送るからと母から連絡をもらったとき、送り先を史哉さんのマンションにしてくれと伝えたら、母の声が一転して明るくなった。

『あーらあらあらそういうこと……？　じゃあ近々正式に娘さんをくださいとか言われちゃう日がくるのかもね？　楽しみに待ってるわ』

こう言って一方的に通話を切った母に唖然としたが、反対されるよりはいいかと思ってしまった。

――サラダか……、じゃあ、ジャガイモ使ってポテサラにでもしようか。

買っておいたブロックベーコンをサイコロ型に切り、カリカリになるまで炒《いた》めておく。ポテサラに入れるのはハムも好きだが、焼いたベーコンを入れるのも好きだ。

ゆであがったジャガイモを潰し、スライスして水にさらしたタマネギとベーコンを合わせ、粒マスタードとマヨネーズを入れて味を調整すれば完成だ。

とりあえず一品作り終えたところで冷蔵庫を物色していると、玄関から物音がした。史哉さんが帰ってきたようだ。

「おかえりなさい」

「ああ、ただいま」

玄関まで小走りで移動し、彼が持っていたブリーフケースと牛肉が入っているいると思わしきエコバッグを譲り受ける。

「ふっ……なんかこれじゃ、会社とあんま変わらないな」

軽く噴き出し、私にチラリと視線を送ってから、史哉さんがスタスタと部屋の奥へ進む。

「確かに、似てますね。えーっと、このお肉は普通に焼いちゃっていいのかな？」

「うん。塩こしょう軽く振って。それと、塩川社長に会ってきた」

「えっ？　え、塩……川社長⁉　な、なにか仰ってました？」

塩こしょうの流れからの塩川社長だったので、ほんの数秒だが混乱した。

史哉さんはリビングでジャケットを脱ぎ、椅子の背に引っかけた。

「世里奈に謝っておいてくれと。しつこくして悪かったってさ」

意外にあっさりした答えだったので、「え？」と聞き返してしまった。

「それだけ？　なんか、もっとなにか言われるかと思ったのに……」

「彼は久泉さんから全部聞いたそうだよ。彼女がついた嘘のこと。それによってお前が傷ついていると彼に教えたら、さすがに申し訳ないと思ったんじゃないか」

「……そっか。確かにあのときはショックで混乱したけど、今は別になんとも思ってないのに。塩川社長にも気になさらないでくださいと伝えて……」

「かもしれないが、今のままでいい。そうすればあの人もお前にもう手を出してこないだろう。人の彼女に手を出そうとしたんだ。それ相応の罰《ばつ》は受けてもらう」

憮然とする史哉さんに、もしかして……とある考えが浮かぶ。

「罰って、穏やかじゃないなぁ。もしかして他にもなにか言ったりしたの？」

私が顔を覗き込むと、史哉さんが「そうだよ」と苦笑した。

「俺はこう見えて嫉妬深いし、束縛も時と場合によってはするからな」

「それ、私と同じじゃない……」

クスクス笑いながら思う。

さっきは会社とあんまり変わらない、なんて言ってたけど、やっぱり会社とは全然違う。

——史哉さんが嫉妬している顔なんて、会社では絶対見られないくらい、レアだもの。

やっぱり私は、秘書としても恋人としても、ずっとこの人についていきたい……いえ、絶対についていく。

私は彼が買ってきたお肉を焼くため、幸せな気持ちでキッチンに向かったのだった。

あとがき

初めましての方もそうでない方も、ここまで読んでくださりありがとうございます。加地アヤメと申します。つい最近商業で本を出させていただくようになってから五年が経ち、六年目に突入しました。

六年って長いような気もしますが、意外とあっというまでした。というか、年を追うごとに一年がものすごく早く感じるので、そのせいかな～などと思っているのですが。

ガブリエラブックス様では初めての書き下ろしになります。今作は以前、ガブリエラ文庫プラス様に書かせていただいた作品のスピンオフとなっております。なんとなく気になってずっと頭の片隅にあった碇さんの話を書くことができて嬉しく思います。

またしても初恋をこじらせるキャラを書いたわけですが、こういうキャラを書いている間は私も初恋を思い出してとても懐かしい気持ちになったりします。私の初恋なんて遠い昔ですけれども……しかも相手の顔すら思い出せないという残念な感じになってしまっているのですが……

学生時代のことを思い出しながら楽しく書かせていただきました。こういった機会を与えていただき、ありがとうございました。

そして今回も担当様には大変お世話になりました。いつもいつもポンコツの私に的確なアドバイスをくださり、とても感謝しております。三ページ削る、という指令に対し四ページ削ってしまう私……毎度毎度すみません……

イラストは敷城こなつ先生が担当してくださいました。以前、別の作品でお世話になったことがありますが、今回も素晴らしいイラストを描いてくださり本当に嬉しく思っています。ラフを見て疲れが吹っ飛びました……一番私が見とれたのは宇部の腕です。皆さん、腕を！　腕を見てください‼　先生ありがとうございました‼

そしてこれを読んでいらっしゃる読者の皆様へ。

一人で黙々と作業していると、たまに不安に襲われ心が折れそうになるときがあります。ですが皆様からの励ましや温かいお言葉のおかげで六年目の今もこうして書くことができています。なので、読者の皆様に対しては常に感謝の気持ちでいっぱいです。本当にいつもありがとうございます。

世は大変な状況が続いておりますが、この本で少しでも楽しい時間を過ごしていただけたら幸いです。

またどこかでお会いできることを心より願っております。

加地アヤメ

ガブリエラブックスをお買い上げいただきありがとうございます。
加地アヤメ先生・敷城こなつ先生へのファンレターはこちらへお送りください。

〒110-0016　東京都台東区台東4-27-5（株）メディアソフト
ガブリエラブックス編集部気付　加地アヤメ先生／敷城こなつ先生　宛

gabriella books

MGB-024

一途な秘書は初恋のCOOに一生ついていきたい

2021年3月15日　第1刷発行

著　者　加地《かじ》アヤメ

装　画　敷城《しきじょう》こなつ

発行人　日向晶

発　行　株式会社メディアソフト
〒110-0016
東京都台東区台東4-27-5
TEL：03-5688-7559　FAX：03-5688-3512
http://www.media-soft.biz/

発　売　株式会社三交社
〒110-0016
東京都台東区台東4-20-9 大仙柴田ビル2階
TEL：03-5826-4424　FAX：03-5826-4425
http://www.sanko-sha.com/

印　刷　中央精版印刷株式会社

フォーマットデザイン　小石川ふに（deconeco）

装　丁　吉野知栄（CoCo.Design）

ISBN 978-4-8155-4045-6